麒麟传媒·尚书房 出品
www.qlpress.cn

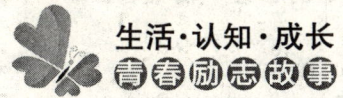

生活·认知·成长
青春励志故事

假如蜗牛可以相亲相爱

| 创意卷 |

杨晓敏 ◎ 主编

地震出版社

图书在版编目（CIP）数据

假如蜗牛可以相亲相爱：创意卷 / 杨晓敏主编. —北京：
地震出版社，2012.3
（生活·认知·成长青春励志故事）
ISBN 978-7-5028-4023-5

Ⅰ.①假… Ⅱ.①杨… Ⅲ.①小小说—小说集—中国—当代
Ⅳ.①I247.8

中国版本图书馆 CIP 数据核字（2012）第 023907 号

地震版　XM2621

假如蜗牛可以相亲相爱——创意卷
主　　编：杨晓敏
执行主编：马国兴　王彦艳
责任编辑：赵月华
责任校对：孔景宽　凌　樱

出版发行：地震出版社
　　　　　北京民族学院南路9号　　邮编：100081
　　　　　发行部：68423031　68467993　传真：88421706
　　　　　门市部：68467991　　　　　　传真：68467991
　　　　　总编室：68462709　68721982　传真：68455221
　　　　　E-mail：seis@mailbox.rol.cn.net
　　　　　http：//www.dzpress.com.cn
经销：全国各地新华书店
印刷：北京振兴源印务有限公司

版（印）次：2012年4月第一版　2012年4月第一次印刷
开本：710×1000　1/16
字数：194千字
印张：14
书号：ISBN 978-7-5028-4023-5/I（4698）
定价：26.00元

版权所有　翻印必究
（图书出现印装问题，本社负责调换）

序

杨晓敏

好书是具有生命力的。一本好书，我们拿在手上，揣在兜里，或者放在枕边，会感觉到它和我们的心一起跳动。在日常的学习生活中，我们每天都在用最经济的时间、精力和财力，收获着超值的知识、学问和智慧，于是我们自己，就在一天天地充实厚重起来。

优秀的短篇小说，就是这样的好书。它是顺应现代人繁忙生活而发展成的一种篇幅短小的小说。跟一般小说一样重视场景、个人形象、人物心理、叙事节奏。优秀的作者可写出转折虽少却意境深远，或转折虽多却清新动人的作品。

现在，许多优秀的作者舒展超感的心灵触觉，用生花的妙笔，把小小说从文学神坛上牵引下来，在我们广大读者面前，展现出一幅幅五颜六色的生活画卷，或曲折离奇，或险象环生，或嬉笑怒骂，或幽默诙谐。于是，阅读一本小小说，就成了繁忙生活的轻松点缀，紧张学习的有效调剂，抹平了你我微皱的眉头，漾起了会心一笑的嘴角。

我们精心编选的这套"生活·认知·成长青春励志故事"小小说丛书，每一辑都包含了"悟性""创意""想象""品味""风尚""情愫"六卷，并围绕这六个主题，选取当代国内知名作家的精品力作，各自汇编成书，具有强劲的文学感染力。篇篇都耐人寻味，本本都精挑细选，既是青少年认识社会的窗口、丰富阅历的捷径，又堪称写作素材的宝典。作品遴选在注重情节奇巧跌宕，阅读效果峰回路转、柳暗花明的同时，注重价值取向，旨在引导青少年全面、客观地认识社会，开阔视野和胸怀，提高综合素质，进而确立正确的人生观、价值观。

在这套书里，我们推荐给青少年读者的是充满活力的大众文化形态的小小说佳品荟萃。所选择的作品，尽量体现质朴单纯，而质朴不是粗硬，单纯不是单薄；体现简洁明朗，而简洁不是简单，明朗不是直白。它们是理性思维与艺术趣味的有机融合，是人类智慧结晶的灵光闪烁，是春风化雨滋润心灵的真情倾诉，是鲜活知识枝头的摇曳多姿，是青少年读者嗅得着的缕缕墨香。

知识没有界线，可以人类共享，只要是具有优良质地的文化产品，都能互补、渗透、影响和给人以启迪。任何一粒精壮的知识种子，播撒在人们的心灵深处，都会开出艳丽的花朵，结成高尚的果实。

青年出版家尚振山先生以极大的热情，独到的眼光，精心策划了这一套"生活·认知·成长青春励志故事"丛书，我和同仁马国兴先生、王彦艳女士应邀参与编纂，当然也愿意大力推荐给广大青少年朋友们。

2012 年春

请求支援	周海亮	1
父亲的斑马线	刘会然	4
人遇黄昏	陈美英	7
晚了几分钟	王明新	11
摔　碗	李东晓	14
永远的谜	贾淑玲	16
爱的藏品	孙君飞	20
冰面上的太阳	李玉友	23
恩　人	杨牧原	26
爱情成本	奚同发	29
伤丁斌	邓　焕	32

同龄人	史雁飞	35
大　师	史卫民	38
死亡的规格	秦德龙	41
牙和爱情不可自拔	魏剑美	45
给未来的一封信	佚　名	48
圣诞"礼物"	肖玲玲	51
三娘教子	吴卫华	53
一出小悲剧	姜　敏	57
绝活儿	云　梦	59
女　贼	陌上初寒	61
苏父不迁	王书春	64
一条被流浪的蛇	徐　威	66
事　故	张　令	69
沉默的子弹	周海亮	72
局长心里的猪	秦德龙	75
捐　款	王金平	78
你是谁不重要	安石榴	80
圣诞夜	郑兢业	83
王贵养鸡	茨　园	86
威　风	相裕亭	89
卧　底	陈　然	92
徐口技	张国平	95
羊脸儿	许　锋	99
针线活	韦如辉	101

追　捕	吴新华	103
回家过年	于心亮	107
翱　翔	莫言	110
欧阳的故事	朱传辉	114
威　名	李庆钢	117
真假两封信	老圈	120
忘记带钥匙的狗	高振桥	122
猎	柴米河	124
空城新计	燕子	127
老公的忏悔	世纪家园	131
领导没胆	刘玉行	133
偏　方	相裕亭	135
抢劫发生在电梯内	张枫霞	137
青云楼主	冯骥才	140
说你爱我吧	纪富强	142
天　价	李世民	144
洗　澡	刘桂先	147
瞎子领路人	曹义	149
一个单身女人的日记	紫雪	152
王　芫	王奎山	156
假如蜗牛可以相亲相爱	米米	159
意料之外	冰戈	162
当一回县长	朱占强	164
都是老师惹的祸	河北棒子	167

读　星	叶倾城	170
冯大吹	袁炳发	173
嫁个英雄	刘晓燕	176
禁丐记	刀尔登	178
老人与树	刘国芳	181
亲爱的,我不会再乱穿马路	翻跟斗方法	183
倾　诉	任振明	186
兔子为什么输给乌龟	侯发山	188
微服私访	刘黎莹	191
我的文凭是假的	晨　雨	194
我可不可以吻你	纪富强	196
无法教育的儿子	白　羽	199
侠　丐	宗利华	201
殉　葬	包作军	205
意　外	刘国芳	207
欲望号街车	骆　平	210
中500万后的24小时	梁山伯伯	213

请求支援

○周海亮

你决定成为一名剑客，行走江湖。你认为时机恰好。

你的剑叫做残阳剑。这柄剑威力强大，你可以同时斩掉十五名顶尖高手的头颅。你的独门暗器叫做天女针。你面对围攻，只需轻轻按下暗簧，即刻会有数不清的细小钢针射向敌人，状如天女散花。天女针一次可以杀敌八十，中针者天下无解。

靠着残阳剑和天女针，你打败了飞天燕，杀掉了钻地鼠，废掉了鬼见愁的武功。他们全是江湖上的高手，他们全是杀人不眨眼的黑道魔头。从此你声名大震，投奔者众。现在你拥有一支军队，占有一座城池。你的军队勇士五千，良驹八百；你的城池繁华昌盛，鸡犬相闻。

你不停地和道上的兄弟签署着攻守同盟。你还和神枪张三、铁拳李四、一招鲜王五结拜成兄弟。你们肝胆相照，荣辱与共，不求同日生，但求同日死。

你招兵买马，筑固城池。似乎四分五裂的天下不久之后就将统一，你将成为万人瞩目的头领或者君王，你将拥有无涯江山，无尽财富，无穷权力，无数美女。你沉浸在难以抑制的兴奋之中，你常常会在梦里笑出声来。

可是，鬼见愁突然杀了回来。其实那天你并没有完全废掉他的武功。那天你有个小的疏忽。鬼见愁凭着多年的武功造化医好了自己，又用三年时间练就了一门邪道功夫。现在他率精兵五万,包围了你的城池。

敌十倍于你,你并不害怕。因为你的勇士们个个以一当十。

你的五千勇士扑出了城。你试图将鬼见愁的五万精兵一举歼灭。你甚至想晚上就可以用鬼见愁的脑袋做成一个马桶。可是你很快发现自己判断失误——鬼见愁的五万精兵,完全以死相拼。他们踏着同伴的尸体往前冲,极度疯狂。你砍断他的矛,他会用拳头打你;你砍断他的胳膊,他扑上来撕咬你的咽喉;你砍断他的脖子,他还会在倒下去的一刹那,用脚踢一下你的屁股。尽管你的五千勇士个个骁勇善战,可是最后,他们不得不退了回来。

五千勇士,只剩三百。鬼见愁精兵五万,尚有八千。

你关了城门,开始求援。你给神枪张三飞鸽传书,让他速来救你。几天后你得到消息,神枪张三早被一无名剑客杀死于某个客栈。

你千里传音给铁拳李四,让他速来救你。铁拳李四回话说,现在我也被困,自身难保,如何救你?

你在城墙上放起求援的烟火,这烟火只有一招鲜王五才能看懂。一会儿,王五放烟火回答你,他说,我正在攻城掠地,无暇顾你,你好自为之。

无奈之下,你计划弃城。你已经管不了城里百姓的死活。现在你只想自己逃命。

夜里,你率剩下的三百勇士突围。那是一场惨烈的战斗。你挥舞你的残阳剑斩下无数头颅。你的天女针霎时消灭掉鬼见愁八十名贴身保镖。可是当你抬头,你突然无奈地发现,现在,你只剩下一名勇士,而鬼见愁,尚有精兵一百。

你的天女针已经射完最后一根钢针,现在它成了废物。

你的残阳剑已经卷刃并且折断,现在它不如一把菜刀。

你和最后一名勇士逃回了城。鬼见愁甩手一镖,你的勇士就倒下了,倒下前他为你关闭了城门。他忠心耿耿。

鬼见愁将城围起，不打不攻。他想将你折磨致死。

其实鬼见愁只剩士兵一百。你只需再有一把残阳剑，再有一管天女针，就可将他们全部消灭。可是现在你没有了武器，也没有了士兵，更没有了兄弟和朋友。等待你的，只有死路一条。最后一刻，你终于想起了你的母亲。你向她求援。

她六十多岁。她是一位农民。她连鸡都不敢杀。

你给她打电话，说学校又要收学费了，五百块。她说，好，我马上照办。

你命令不了别人，但可以命令她。

你用这五百块钱给你的游戏卡充值。你重新为自己装备了残阳剑和天女针。你单枪匹马冲出城外，将鬼见愁和他的精兵杀个精光。

你保全了自家性命。你还可以行走江湖，招兵买马。

即使在虚拟世界里，最后一位给你支援的，也肯定是你的母亲。

父亲的斑马线

○ 刘会然

刚来城里几天,父亲就像失去阳光的麦苗,病恹恹的。

我劝父亲多去公园里走走。公园就在我们房子对面,横穿一条大道就到了。公园很大,风景秀丽,活动的人也多。

父亲说,房前的大道上车太多,很麻烦。

我告诉父亲,过大道时走斑马线,所有的车辆都会停下来让你,很方便的。

父亲说,真的吗?斑马线这么神奇?

我说,千真万确。

父亲好奇地问,什么是斑马线?是留给斑马走的线吗?

我笑了起来,城里哪里有斑马?是大道上用白漆漆成的像斑马身上条纹的线。斑马线是方便路人横过大道用的。我再一次告诉父亲,在斑马线上行走,所有的车辆都会停下来让你。

父亲问,是所有的车辆吗?

我说,是的,是所有的车辆!

父亲还是不肯相信。我亲自带他过了一次斑马线之后,父亲"啧啧"称奇,说城里人真文明。乡下的车都是在路上横冲直撞,怪吓人的。

父亲再问,行人走在斑马线上,要是车辆不停下来让行人,将会怎样?

我说，交警会严厉地处理他，罚款，扣分，严重的还要吊销驾照。

父亲说，好，城里的制度就是好。

闲着的时候，父亲就一个人去对面的公园里散步。头几次过斑马线时，父亲还是畏首畏尾。几次过后，父亲总算放心了。渐渐地，每次过斑马线，父亲总是昂首挺胸，巡视着来往的车辆，活像是一个检阅军队的大将军。

父亲说他喜欢这种感觉，走在斑马线上的时候，所有的车辆都齐刷刷地停在脚下，父亲说这就像检阅自己饲养的那群整齐划一的鸡鸭一样。

公园里散步的，遛鸟的，遛狗的，多是成群结队。他们都是一些退休了的城里人，满是城里人的气派。

父亲不懂遛鸟，不懂遛狗。父亲想，城里人真怪，让鸟在天空、树上鸣叫不是比在笼子里叫更动听吗？还有，让狗猫它们自己走就是了，为什么要用一根粗粗的绳索拴在脖子上？狗和猫不是都有灵性，知道回家的路吗？

那次，父亲对一遛鸟的大爷说，你爱鸟吗？

大爷说，你不是废话嘛！我每天喂它最高级的饲料，还放交响乐给它听。

父亲说，既然你爱鸟，你干吗要把鸟儿关在笼子里，像坐牢一样？

大爷剜了父亲一眼，你乡下来的吧……

那次，父亲对一个遛狗的大妈说，你爱狗吗？

大妈说，你看不出来吗？我每天都要给它美容按摩，晚上我们还同睡一张床。

父亲说，既然你爱狗，你干吗不放开绳索，让狗儿自由玩耍？

大妈啐了父亲一句，你乡下来的吧……

以后，公园里的城里人一看到父亲走近，都纷纷躲闪。乡下来的父亲孤零零的。

那天，父亲精神一振，像发现了沙漠中的绿洲。他发现一乡下人正吃力地铲一大堆游人遗弃的垃圾。父亲感觉应该去帮一下乡下来的兄弟。二话没说，父亲走过去，拿起铲子就干上了。乡下人很紧张，说，你乡下来的吧？

父亲说，是啊，你不也是吗？

乡下人说，大哥，我求求你了，你千万不要帮我。你一帮我，明天我手里的铲子可能就没有了。说着，乡下人忙从兜里掏出一包烟递给父亲，大哥，帮帮忙，我是从乡下来的，现在好不容易找到这份工作，我老伴儿还卧病在家呢。

父亲很纳闷儿：我真心帮他，想和他聊上几句话，他却认为我抢他饭碗。唉——父亲叹了一声。

父亲觉得去公园没有意思了。父亲说，公园虽然景色优美，聊天儿的人也多，可只有树木愿意和他说话了。

不过，父亲还是喜欢去公园。他说，他觉得过斑马线的感觉真好。父亲空闲的时候，总喜欢在斑马线上晃来晃去。在斑马线上，父亲仿佛找回了所有的信心与尊严。

那天，父亲在检阅他的"军队"的时候，一辆车疾驰而过，父亲还没有明白怎么回事，车轮已经碾过他的头颅……

父亲到了另一个世界，他也许永远也不会明白，自己竟然会倒在一辆警车的轮子底下，而那辆警车正是为了追赶一辆乱闯斑马线的肇事车。

人遇黄昏

○陈美英

我不停地在山间走着，直到一个黄昏来临。

雾气弥漫，天边变幻的云彩正在淡去，夕阳在山脊跳起最后的舞蹈。我从泛黄的野草里一路践踏过去，转过突兀的山壁，眼前出现了一片鲜花盛开草木丰茂的开阔地，一个少年站在边缘那棵高大浓绿得像拉直腿的逗号的桉树下。晚风徐来，少年的衣袂随风飘动着，和树叶一起飒飒作响。

他转过身来，好像预知了我的来临，向我微微一笑。我的天！他真像我小时候的样子。那忧郁的眼神，那挺立的身影，穿在他身上显得有些瘦小的灰色衣服我也有一件。

"你来了？"他笃定如树，似乎认识我。他身后是悬崖和深渊，对面的山崖很远，我看见夕阳继续沉落，晚霞正在淡去，雾气在山间缠绕，他的衣服像树叶随风起舞。"我等你很久了。"他亲切的话语犹如我最熟悉的朋友。

我站在他身边，竟不知所措。

"你老了，"他痛惜地道，"你不过三十岁啊，怎么这样沧桑？"

他的目光似乎是我的池塘能倒映出我的影像，我看到我的脸苍老憔悴，我的身影单薄蹒跚。少年已老，我差点站立不住，我的确这样了。

他说："跟我来吧。"

沿夹缝似的道路走着，前面似乎没有路了，我拉住他的衣袖不禁问道:"你带我去哪里?"

他不回答,我只好跟着。转过山壁,来到一个镜子般的湖泊边。看着湖里的倒影,一高一矮,我们长得那么相像!他微微一笑说:"你心里也有这样的镜子,对不?"

是的,那是老家门口的池塘。它不大,却像镜子一样明澈,边缘有几棵似乎长不老的树。放学后,我总在池边做作业,那时池塘里燃烧着黄昏里热烈的天空。在拿到与理想背离的录取通知书的黄昏,我却让它分担我无助的向命运低头的疼痛和自知踏上不归路的脆弱,让我的泪水一滴滴落进池中一圈圈荡起的涟漪的中心,从此木偶似的远走他乡。

"你哭得好伤心。之后,你去你不愿去的地方开始了以后的生活。现在你还因此匍匐,也许还不能真正离开。"他说着,摘下了湖边盛开的紫竹花,并把这株滴露的花拿到我面前:"你的梦还在吗?"

"当然!"我急切地道,"只是我能在哪里?梦怎么成为现实呢?这是我最痛苦的事情。"

"你好好看看这花上的露水。"

我接过来,看见花上的露水飘摇着,如同弥漫得越来越深的雾气。细长的花瓣模糊,像一个清癯的老人绽开着笑颜,紫色的梦幻在自我的确定中温润并强壮了它的内心。

"带上它吧。"他说,并往前走。

我们一前一后转过山崖又来到了先前的开阔地,站在桉树下看着坠崖的夕阳,久久不曾言语。

手里的花似乎在枯萎,当我把目光再次落到露珠上时,看见了那圆满的最后的天光似的闪耀。我惊道:"啊——"紫竹花就从手里飘到草地上,顷刻成了一团干枯的花影。我也像它摇摇欲坠。少年用羸弱而坚定的臂膀拖住了我,使我再次站定。他把手放到我的胸口停了片刻道:"还好,你的心还在跳。"

"你究竟是谁?"我终于想到这个问题了。

"我是谁?"他的眼睛黯淡下来,就像池塘在黑夜里不再反光,"我不能告诉你我是谁,因为我和你一样会为此迷惑。可我认识你!相距十多年,我还认得出你。你在悬崖边走失后,我一直在想也许我们还会相遇,而且是在一个相似的黄昏。"他那双眼睛又明镜般照射到我身上。

我很惊讶,的确,我也对他感到似曾相识,却有些陌生。

他从灰色上衣的口袋里掏出了一个时钟,然后说:"它该不停地走下去的,可这样我们就不会相遇了。我等你好久了。你走之后,日复一日的黄昏都是一样的,我想等到见你的时候就可以交给你了。"他递给了我。它那金黄的外壳磨损得像老人身上被一个个日子使用旧了的证明,却缺少透明的面罩,使白色的钟面和黑色的指针都不得不裸露着蒙了尘,简直越看越像离家前陪伴我读书写字的那个滴答作响的时钟。我接过来放到背包里,打算让它陪伴在我以后的行走中。

"时光不可停留,什么时候我们会再次相遇?我知道了你的心在跳动,这是我还活着的证据。你又来到悬崖边,清风依旧,我们是否会生锈?让我握握你的手。"他紧紧捏住我的手,弄得我生痛,"你将来会去翻开一本书,那书上会记载着今天我们的相遇和你曾经的来临。我们必须懂得坦然面对死亡,以及一切。"他的声音似乎有走动的时钟那自在自维清点时间水滴的永恒韵律,还有那双洞悉我生存境遇的眼睛,使我站在他面前有种无法抽离的感觉。我情愿永远听他,永远看他。

然而,他像山风一样自由。"我走了。"他更紧地握住我的手,"从此,你将又是一个人了。"随后他抽出了那双少年的手,在桉树下转身向山壁后走去。

"等等!你是谁?"

他没有回头,好像说了句什么,我怎么也听不清。晚风吹得树叶飒飒作响,他衣袂飘飘地消失在更深的雾气中。

生活·认知·成长 青春励志故事

我没追赶，因为天黑前要下去，这悬崖将会是我的又一个滑铁卢还是新的起点？我不知道，可我必须知道我是谁，我将选择怎样的道路。

时钟的指针未动，我掏出来看了很久，它们总是未动，而且一直停留在一个刻度上。我越过空气的距离从三枚明显生锈的指针上厚积的尘埃中清楚地触摸到它的确是停止在1992年秋天那个我疯狂流泪的黄昏。

我手中的钟很温暖，就像少年刚刚抽出的那双手。

晚了几分钟

○王明新

　　公司的常委会历来都很严肃，只有女常委苏安例外。如果常委会赶在双休日召开，她一般要带着三岁的女儿。苏安两年前离了婚，一个人带着女儿妞妞过，双休日托儿所不上班，她带女儿来开会就成了理所当然。

　　今天的常委会就属这种情况，苏安后面跟了个小尾巴。主持会议的是经理兼党委书记阴天雨。曾有人评论说，给阴经理起名字的人一定非常有远见，因为几十年前他就预测到了阴经理不管下不下雨脸都一概阴沉沉的。这种说法对阴经理有点不恭，阴经理脸色阴沉不错，但在这个近万人的公司里，阴经理有着至高无上的权威，这不只因为阴经理是这个公司的创始人，也不只因为阴经理为这个公司的发展立下了卓著功勋，威望这东西包含了太丰富的内容。

　　会议开始，阴经理坐在他惯常坐的那把背西面东的硬木椅上，十几个常委分两排正襟危坐。阴经理没有开场白，上来就说黄河断流三个月了，我们向国务院汇报了几次，国务院指示三门峡放水，水放了但还不够上游用的，到了我们这里连黄河底的地皮都湿不了，红柳油田和落雁滩油田生产告急，整个公司生活用水也发生困难。昨天晚上好不容易来了一点水，我们的泵还没开，就发生了停电事故，水都被市里抢走了。我们黄河边上的打水泵是市电厂供的电……说到这里，阴经理脸色更加阴沉，他哆哆嗦嗦点上一支烟，眼盯着会场上的每一个人。

会场上静极了，静得能听到每个人的呼吸声。

这里有个小虫子，它是不是找不到妈妈了？在这种安静得几近真空的环境里，苏安三岁的女儿本来不大的声音，听起来却像突然摔碎了一只玻璃杯。妞妞本来与苏安坐在一起的，后来一个人趴到窗台上玩。办公楼是环形的，中间一片空地，生长着几棵高大的白杨和一些蔷薇类植物，由于疏于管理，还生长着一些杂草。一只小青虫爬到了窗户的玻璃上。苏安马上小声告诫女儿不要说话，但女儿不理她，继续说，它找不到妈妈怎么办啊？它会饿死的，它会被小鸟吃掉的……环形楼中间的空地上这时候正有一些麻雀喊喊喳喳叫唤。

不知什么原因，阴经理的话断了再没续上，这时候一般人是不适合插话的，因此会场上出现了短暂的冷场。幸亏年轻的党委副书记兼副经理方通机灵，适时把话接了过来。方副书记说，关于水的问题阴经理已做了最大努力，上至国务院，下到省市有关部门，该汇报的汇报了该做工作的做了工作，我们在座的都是常委，关键时候要为领导分忧，阴经理毕竟快六十岁的人了……

因为说到阴经理，又说到阴经理的年龄，大家都不由自主地看了阴经理一眼。这一看不少人都觉得不对劲，阴经理刚才点着的烟没抽，掉在了会议桌上，阴经理一只手按着胸口，脸色苍白，眼皮下垂，似注视着大伙儿又似没看任何一个人，僵僵地坐在那里一动不动。

方副书记也看出了问题，想说却没敢说，刚才他本来的意思是要大家为公司的事操点心，一不注意说了句不该说的话。几乎每个到了退休年龄的领导干部，无不对自己的年龄敏感有加，他却触及到了阴经理这根最敏感的神经，而且是在常委会上。他知道阴经理有心脏病，但这个时候说阴经理犯了病，万一说错了，岂不是错上加错？岂不引起阴经理的更加不快？虽然经理的位置有好几个人选，但谁不知道最具竞争力的人是他方通？在这种特别时期还是谨慎为妙。

别人也注意到了阴经理的反常，但是谁也没敢说，他们的想法综合起来是：阴经理虽然年龄大了，有心脏病也是人所共知的事实，但他在主持常委会啊，这时候说他犯了病是对这位老领导的多大不恭啊，而且刚才方副书记说了一句不该说的话，阴经理一定在恼火着，这时候如果说他犯了病，岂不是对方副书记刚才的话的印证？阴经理肯定会更加恼火。阴经理到了退休年龄，谁接班早就是个敏感问题，这时候贸然说阴经理犯了病，会不会有抢班夺权之嫌？如果想取而代之，这时候可不能得罪这位德高望重的老领导，他的一句话就可能使你所有的努力变得没有丝毫意义。

只有苏安的女儿仍然关心着那只小虫子。那只小虫子往前爬爬往后退退，真的迷路了一样，这使小女孩更加不放心。她看着小虫子说，告诉我你家在哪里，我会送你回家的。由于女儿的打扰，苏安没注意会场上发生了什么，但她已明显感觉出气氛的紧张。女儿不断说话使她更加不安，她想吓唬吓唬女儿，就说再说话阴爷爷就要把你赶出去了。这话果然管用，吓得女儿赶快抬头去看坐在对面的阴经理。这时候，阴经理双目紧闭，身体靠在椅背上，雕塑一样凝固在那里，他掉在桌子上的香烟依然燃烧着，冒出丝丝缕缕的烟雾。

谁也没想到，苏安的女儿突然喊：阴爷爷睡着了！阴爷爷睡着了！

所有的人都被这突如其来的喊声吓了一跳。苏安更是被女儿的话吓坏了，大声呵斥女儿说，不许胡说！女儿却不听，更响亮地反驳说，阴爷爷就是睡着了嘛！苏安一巴掌打在女儿脸上，女儿立即号啕大哭。苏安一把抱起女儿走出会议室。

阴经理终于被送进医院，但仅仅因为晚了几分钟，不久就被送进了太平间。

生活·认知·成长 青春励志故事

摔 碗

○李东晓

　　小时候，我家很穷。父亲在京剧团当临时编剧，母亲在家务农，靠父亲微薄的工资抚养我们弟兄三个，家中的拮据可想而知。母亲出嫁时带过来的十二个青瓷花碗，应该是家中最值钱的东西了。但这花碗平常我们不舍得用，只有等到除夕，才会被母亲拿出来盛饭。

　　当年的那个除夕，好像与以往并没有什么不同，母亲把那十二个精美绝伦的花碗又从她的柜子里拿了出来。我知道，母亲是极为喜欢这些碗的，平常像宝贝一样藏着，任谁也不许动一动。可是就在母亲准备用它们盛饭的时候，外面响起了鞭炮声，起先是稀稀落落的，过一阵就变得密集了。

　　三弟瞅着母亲忽然说："妈妈，我要放鞭炮！"

　　我心里一动，从小到大，我还从来没放过鞭炮呢。母亲总是舍不得给我们买，父亲也说放鞭炮危险，只让我们听别人放。母亲还说，不就是听个"响儿"吗？我们到自家院子听，既省钱，还安全呢。所以，以前的除夕就是听着别人放的鞭炮声过来的。可现在，我的三弟向母亲要鞭炮放了。尽管母亲劝了他好一阵子，但三弟的倔劲上来了，哇哇大哭着不肯让步。我和二弟竟然谁也没去阻止三弟，因为我们和三弟一样有个愿望，那就是亲手点燃一次鞭炮。

　　我们弟兄三个谁也没想到被逼急了的母亲会作出那样一个决定。她没拿那些花碗盛饭，而是递给我们弟兄三个一人四只碗。母亲对三弟说："三儿别哭，别吵了你爸，他还写大戏呢！"说着又向南墙一指道，"妈没钱给你们买鞭炮，不就是听个响儿吗？咱今儿摔碗，摔咱家最好的碗！"说完就从三弟手中拿起一个，猛地摔上了墙。

"啪"的一声，碎屑纷飞。母亲问："响不响？"我们三个大声喊："响！"于是我们弟兄三个"啪啪"地向墙上摔碗，直落了一院子的碎瓷。那晚，别提我们多高兴了，因为我们终于在大年三十用自己的手制造了一些比鞭炮声响还要过瘾刺激的动静儿。

等我摔完了一回头，却发现父亲正站在堂屋门口，他手里还捏着那支用了十几年的钢笔。我知道，父亲正在编戏呢，可我惊异地看见，母亲正颤颤地伏在父亲的肩头，父亲却哭了……

那晚，我们用的是家中的旧碗，甚至有个还豁了口。但那晚的饭，是我十年来吃得最香的一次年夜饭。

而今，我们弟兄三个都长大成人了。当我考取了大学的考古专业，才回想到母亲的那些碗，不由得心如刀割——那是真正的宋代官窑的精品啊，却被我们轻易地摔成碎片。

有一次，我把碗的来历给母亲说了，并说这碗要是留到现在，几十万呢。

不料，母亲听了却微微一笑道："几十万？几十万抵得过你们弟兄三个那晚的满足、那晚的高兴吗？"

生活·认知·成长 青春励志故事

永远的谜

○贾淑玲

我正和海子喝酒，乔小桥打来电话，她说：西瓜，我得了癌症，住院了。

我和海子火速赶到医院。进了病房，看到乔小桥拿着笔记本电脑在上网。她看到我们进来，露出了一个淡淡的微笑。

乔小桥是我和海子参加同城旅游时认识的同城驴友。她身材很好，平时吃得不多，很爱吃水果，霸道地把喜欢她的男人以水果代称。漂亮开朗的乔小桥坐在病床上，让我怎么都接受不了。相信海子也是。

乔小桥说："怎么都灰头土脸的，好像生病的是你们？"

我说："乔小桥，别怕，钱，我们去想办法。"海子也说是。

乔小桥笑了，她说："如果我会分身术就好了，我会分身出两个健康的乔小桥，继续陪你们游山玩水。"

我和海子对望一眼，我发现他的眼睛微红。

又去看乔小桥的时候，我和海子凑了八万块钱。乔小桥说："你们拿回去，我真不缺钱。"她抬头问："我漂亮吗？"

我们愣了一下，点点头。

乔小桥就笑了，笑得有些夸张，笑着笑着就笑出了眼泪。她沉默了一会儿，轻轻地说："506病床今天走了。很漂亮的一个女孩子，到最后皮肤上布满了淤斑。对了，今天我去急诊大厅，看到一个女人躺在走廊的椅子上，一直在呻吟，面部表情很恐怖，很多人像看怪物一样看着她。还有……"

"别再说了，乔小桥！"海子第一次打断乔小桥的话。

小桥把目光转向我们，停了一会儿，幽幽地说："西瓜、香蕉，你们知道人在什么时候最无奈最没有尊严吗？"

我们沉默着。

乔小桥注视着我们，又笑出了一脸阳光，她总是在我最痛心的时候给我致命的微笑。乔小桥说："我要感谢生命，让我认识了你们！"

海子低着头转身走出了病房。

我犹豫了一下，终于走到乔小桥身边，把她轻轻抱在怀里，她没有拒绝，只是在我的耳边轻轻地说："西瓜，答应我，你和香蕉都要好好的！"我拍着乔小桥的背，像拍着熟睡的婴儿。

我又找了一份兼职，海子似乎也比以前忙了许多，我们见面的时间越来越少。

在一个阳光明媚的下午，乔小桥的姨妈打来电话，她哭着说乔小桥失踪了，在医院里失踪的。她说一定是小桥怕连累他们才走的。我忙问，她身上有钱吗？乔小桥的姨妈说，她身上有张银行卡，是她给小乔的。我要了银行卡的卡号后便挂了电话。

我知道乔小桥的父母不在了，是她的姨妈一直照顾着她，对她很好。乔小桥的姨父是做生意的，乔小桥的生活一直很不错。我还知道，乔小桥的失踪，并不是姨妈想的那样。

我和海子把乔小桥曾经拒收的那八万块钱，打进了那张卡里。从那以后，我和海子拼命地在乔小桥的博客里留言：回来吧，小桥，我们想念你！可是乔小桥像蒸发了一样，没有一点儿音讯。

我和海子再喝酒的时候，一说到乔小桥，我们就骂她自私，骂她胆小鬼，骂着骂着，我们就醉了。醉了的我们也骂自己，骂自己自私，自私到

生活·认知·成长青春励志故事

让自尊心强的小桥必须有勇气在我们面前病倒。我们也骂自己胆小鬼——我们互相问过，如果漂亮的乔小桥被病痛折磨得面目全非，我们有勇气面对她吗？

日子在担心与期待中轻飘飘地去了，两年的时间，乔小桥在我和海子的绝望中被故意遗忘。

一个午后，有个声音在我耳边出现：嗨，西瓜！

我一惊，抬起头。

"乔小桥！"我大叫。

"没错，我回来了。"乔小桥微笑着站在我面前，那头长发不见了，是极短的短发。她身边站着一个男人。她拉着男人对我说："这是苹果。"指了一下我，对男人说："这是西瓜。"

我顾不上别的，忙问："你现在好吗？你失踪之后都去了哪里？"

乔小桥说："简单说一下吧。我害怕在你们面前没有尊严地病着，我选择了逃离，去一个没有人认识我的地方。我去了向往已久的丽江，随驴友们游玩时晕倒了。驴友们把我送到医院，大家知道我得了癌症，要求医生抽他们的血进行配型。没有想到，一直找不到配型，奇迹般的，苹果和我的配型竟然符合。我做了骨髓移植，就活着回来了！"

"你得的是白血病？"我脱口而出。

"是啊。"乔小桥愣了一下。

那一刻，我再也不敢面对乔小桥的目光。我感觉浑身的血管都在扩张，血液奔涌。我才醒悟，自己竟然一直不知道乔小桥得的是哪种癌症！

见过乔小桥之后，我一直提不起精神，我血管里的血与乔小桥的血是否匹配成了一个永远的谜。

我对海子说："乔小桥健康地回来了。"

海子说："知道了。"

我们都沉默着，许久，我还是忍不住了，问："你知道乔小桥得的是哪种癌症吗?"

　　海子摇摇头，后来又点点头。海子自言自语地说："我们真的爱过她吗?"

　　晚上，我做了一个梦，梦见乔小桥微笑着对我们说：我要感谢生命，让我认识了你们!

生活·认知·成长 青春励志故事

爱的藏品

○孙君飞

我在班里举行了一次活动,让爱好收藏的孩子展示自己的藏品。

小小收藏家们有的拿出自己精心收藏的各种树叶,有的拿出被擦拭得一尘不染的陶瓷碎片,有的拿出一枚枚画着京剧脸谱的鸡蛋壳……真是大开眼界,不由让人惊叹孩子们独有的收藏视角。

轮到小墙了,他会为大家展示什么宝贝呢?

他脸红红的,有些羞涩地拿出自己的藏品——一只圆柱形的玻璃瓶子,其貌不扬,大概以前是装药丸的小口瓶子,透明无色,看上去空无一物。

有的同学"呀"了一声,更多的同学窃窃私语。小墙的脸更红了,用手紧紧地捏一下瓶子,不敢看大家的眼睛。

我微笑着请小墙介绍一下自己的收藏故事。

他抬起头,紧紧地将瓶子捧在胸前,说:"我收藏的是妈妈的气息。我虽看不到,但我想妈妈的时候,打开盖子,就能闻到——妈妈就在我的身边,她并没有离开我!"

说到动情处,小墙的眼睛红了。同学们也被感动了,虽然大家并不了解小墙的故事。

我多少是有些了解的,小墙妈妈离开他和爸爸还不到一个月的时间。他曾在作文里写道:妈妈离开家后,我抱着妈妈躺过的被子哭了又哭。想起妈妈曾经在床上给我讲了无数个好听的故事，简直哭得要窒息了。我嗅到一种熟悉的气息，那是妈妈的气息。我将鼻子扎在被子里，深深地吸气、吸气、吸气，再也不想呼出来。我知道风会吹散妈妈卧室里所有的气息。妈妈走了，留下的气息不能散，一定要想办法将妈妈的气息珍藏起来……

所有爱好收藏的孩子一一将自己的藏品呈现出来，我私下里觉得小墙的藏品是最珍贵的、最感人的，但得不得奖，我不能独自做主，还有同学们的投票。我也无法将孩子的隐私完全展示给大家，只是在投票时，我怀着祝福真诚地投了小墙一票。

结果出来了，小墙没有得到特等奖，只得了鼓励奖。我心里不由生出小小的遗憾，去看小墙，他眼神忧郁。

第二次开展这项活动时，爱好收藏的同学更多了，他们的藏品更加丰富多彩。

小墙依然拿出了自己收藏的瓶子，不过不再是那种普通的玻璃瓶子，而变成带有淡淡色泽的、造型不同的艺术品般的瓶子，可能是用完的香水瓶，不过瓶子里依旧空无一物——不，收藏的仍是肉眼看不见的妈妈的气息吧？

同学们已经很熟悉了，觉得没有什么悬念。小墙却兴致勃勃地说："这只瓶子收藏的是我的继母——不，我的妈妈的气息，这是妈妈帮我收藏的，是她现在的气息，我再也不用担心它们被风吹散了！"

大家听了非常喜悦，纷纷鼓起手掌。我们显然被小墙的幸福感染了，他的妈妈真是一个好妈妈。我甚至想：她帮助孩子收藏妈妈的气息时，是不是连同笑容和泪珠一并收藏了？

小墙显得那么快乐、热情，打开瓶盖，要大家都来嗅嗅里面的气息，一边给我们解说道："这是苹果般的气息，这是玫瑰花般的气息，这是青草般的气息……"我的眼睛开始潮湿起来，妈妈的气息原来这么丰富，无论怎样，都嗅不完、吹不散的。

在孩子们升入高年级前，我们举办了最后一次藏品展示活动。全班同学争相拿出自己一年来的收获，连我也拿出了自己的藏品——用画笔勾画出来的每个孩子的笑脸，加上我，整整60张亲密灿烂的笑脸呢。

大家非常自豪，也非常留恋地展示着自己珍贵的藏品。小墙呢？大家屏住呼吸，满脸期待地望着他。

他竟抱出一个大大的瓶子。除了个头大，其他方面都很普通。大家笑呵呵地瞅着他：这个小家伙，又有什么新故事呢？

他也笑呵呵的，眼睛里全是热烈的光芒。因为紧紧地搂抱着怀中的大瓶子，他有些"大腹便便"，同学们开心地笑出了声。

小墙将大瓶子小心翼翼地放到台上，睁大眼睛，扬起眉毛，在讲话之前先憨厚地嘿嘿笑了一下："这次呀，不单单是我妈妈的气息，还有我爸爸的气息，我的气息……"

他卖了个关子。大家有些听不明白，异常安静地等待着他继续讲下去。

"我们一家人的气息全藏在里面了。我要告诉大家，我一定要让你们知道——我妈妈又回来了，再也不离开我和爸爸了！"

听到这个好消息，很多同学站起来，"啪啪啪"，将手掌都拍痛了。我眼含着泪水，却仍然看得清小墙也是热泪盈眶。他能看得清我们都在幸福着他的幸福、快乐着他的快乐吗？

冰面上的太阳

○李玉友

　　人们不知道平子是什么时候开始来湖边静坐的。每天，平子都穿得厚厚的，戴着大棉帽子，静静地坐在新湖北岸的木椅上，望着湖上的冰面出神。阳光照射在冰面上，闪烁着一片圣洁而辉煌的光芒。几个小男孩快活地呼喊着，在冰面上滑来滑去。平子笑了。平子想起了自己的童年。有风，平子觉得身上有点儿冷。

　　气象部门说，由于受厄尔尼诺以及拉尼娜现象的影响，这个冬天将呈现忽冷忽热的态势，最低与最高温度，都将创几十年来的新高。平子想，现在的孩子们什么都好，就是在湖上滑冰的机会不如自己小时候多。连续十几年的暖冬，湖里结的冰都很薄，年年都有孩子因为滑冰而不幸葬身湖中。哪像自己小时候，一年四季气候变化分明，每年冬天，房檐上的冰溜子都尺把长。那时候，他和伙伴们最快乐的事就是来湖里滑冰。平子还记得，有一年春天都开始化冻了，他还和一个小伙伴来湖里滑冰，结果掉进了湖里，若不是刚好有人从湖边走过发现了，那现在坐在这里的，就不可能是他平子了。

　　每天都有一些孩子来湖里滑冰。平子依旧每天来湖边坐着。可这几天，平子明显感到天气暖和起来。中午，冰的表层已开始融化，太阳照在上面，闪着耀眼的光。平子开始为冰上的孩子们担心起来。

　　这天下午，一个戴红袖章的管理员来到湖边对冰面上的孩子们大喊起来。可孩子们一边在冰上滑向远处,一边大声喊,你管不着!要不你也下来呀。

管理员摇了摇头,看到坐在那里的平子,就指着一个牌子说,湖里严禁游泳和滑冰,每年这湖里都得淹死几个人,可人们就是不听,真没办法。说完,扭头走了。

平子刚从"大墙"里出来不久。是保外就医。十几年前,平子参与了"哥们儿"的一起重大抢劫案,从那时起,他就与相依为命的娘一个大墙里一个大墙外了。没几年的时间,平子的娘就郁郁成疾,离开了他。平子在里面因为表现得好,一再得到减刑,可就只剩下两年的刑期了,他却被查出患上了绝症。

昨天晚上,平子又没睡好觉。吃了好些止痛药,还是止不住持续剧烈的疼痛。迷迷糊糊中,平子又见到了娘。娘远远地站在一边,平子扑上前去,可娘却连连后退,任凭平子怎么追也追不上。平子急得大喊起来:"娘,娘啊!"平子睁开眼,发觉枕头又湿了一片。

一连两天平子没有出现在湖边的木椅上。第三天的中午,他又来到湖边。这次平子带来了一把锤子。他没有去坐木椅,而是蹒跚着来到湖边用锤子去敲湖里的冰。锤子小,砸在冰面上只起一个白点。平子不时停下手来歇上一歇。几个在冰面上滑冰的孩子围上来问他,你是想在这里钓鱼吗?平子没说什么,只是点了点头。费了半天劲,平子总算砸出一个浴盆大小的洞。

第四天的上午,来湖里滑冰的孩子发现新湖北边的冰窟窿里掉进了一个人,因为湖边水浅,那个人的一只手还露在水面上。

当地晚报对此事报道说,每年冬天都有人因去湖里滑冰发生意外,前年死了2人,去年死了3人,今年又发生了意外,希望市民特别引起注意。天气忽冷忽热,看似坚厚的冰层实际并不牢固,请不要再到湖里去滑冰,家长尤其要管好自己的孩子。

落水的人就是平子。

此后，这个冬天再没有孩子来这里滑冰。

人们说，十几年来，这是第一个没有淹死孩子的冬天。

白天，人们从湖边走过，看到太阳照在冰面上，发出一片白茫茫的光。

生活·认知·成长 青春励志故事

恩 人

○杨牧原

　　小林刚学会烤地瓜，投入全部积蓄弄了一个烤炉，刚冒烟就赶上金融危机，顾客骤减，小林整天坐在烤炉后面看书。

　　小林的书看多了，他发现这年头报纸上书本上的励志东西特别多，很多小说的故事也都千篇一律。比如许多财团许多公司的大老板在金融危机里都会遇上大麻烦，顷刻间就输光了家产，一败涂地，而这些大老板受不了这突如其来的打击，很多都选择自杀来解除掉这些烦恼。正当他们要自杀时，却往往会碰上一个哲人，一个善人，一个世外高人之类的，这些人几句话或者一两件事就会打消掉老板们自杀的念头，让他们重新鼓舞志气，重新投入到商业战场中去，一两年的工夫他们又赚回了先前的财产。随后，这些深感恩德的大老板们就发疯了似的寻找那些恩人，可往往高人们又施恩不图报，怎么也找不到了。

　　小林刚开始读这些小说的时候果真觉得很励志，读多了又觉得那些施恩的人很傻。小林心想，假如有一天让我碰上这种事，凭我的口才把那些寻短见的人劝回去，我一定要取得回报，我才没那么傻呢。

　　小林越想越觉得这事有意思，正巧今年金融危机，为什么这种事就不会发生在我身上呢？要是真发生了，我这辈子可就赚大了。

　　小林想着想着竟然兴奋得搓起手来，于是，决定去碰一碰运气。小林花了几个晚上的工夫编了自己的励志故事，把自己想成世外高人，而且，小林把那些劝词背得滚瓜烂熟，背得连自己都有些感动。

随后，小林找人打听到了本市自杀率极高的一个地方，那是一处山里，悬崖高耸，小林每天早上和傍晚都跑到山上去散步，希望能遇上一个自杀的大老板。

话说还真巧，金融风暴让本市一个大集团瞬间瓦解，人去楼空，那个老板也想到了自杀，就来到了这悬崖边上。正巧小林早上散步的时候走到这里，远远看见一个衣着高档、手夹雪茄的胖子站在悬崖上，进退不能。小林暗喜，可是让我逮着了。

一切顺理成章。小林装作无所事事的样子，靠近那个胖子老板，用自己练了不知多少遍的话接近了老板，然后又用自己不知编了多少遍的故事来一步步地激励和鼓舞那个老板。说完，小林还装作若无其事的样子走开，不强求那个老板。小林心想，反正小说故事里都是这么写的，既然学，就要学得像一点儿。

小林和那个老板说话的时候，那老板一直盯着小林看，小林也一直盯着老板看，他恐怕那个老板忘了自己的样子。

第二天一起床，小林就急急忙忙打开新闻报道，又买了报纸翻来覆去地看，都没发现XX集团老板自杀的消息，并且连着几天也没有。小林心里暗暗高兴，嗨，说不定还真有门儿啊。

果不其然，几个月下去，那家公司又死灰复燃了，利润甚至比以前还翻了一番。那个胖子老板在报纸采访的专栏上留下这么一句话：我的再一次成功要感谢一位朋友的帮助，他让我重新有了希望，让我没有放弃，但我不知道他叫什么，希望他有时间一定来公司找我，我要好好谢谢他。

这回小林算是赚了，兴奋得直搓手。小林翻出去悬崖那天穿的衣服来，又想了好几遍那天说的话，第二天穿扮好之后，就一路来到了那位老板的公司楼下。

一进楼，小林很有风度地对前台小姐说："我是你们老板的恩人，麻

生活·认知·成长 青春励志故事

烦你转告他，我来了。"

那小姐一听，惊得抬起头来足足看了小林一分钟，然后风风火火地打了个电话，然后风风火火地把小林带上了顶层。

进了老板的门，小林就认出了那个胖子老板。那个老板笑了笑，等着他过来。小林没动，老板三步并作两步地走过来握住小林的手，连声说：谢谢，谢谢，太感谢老弟了。

小林客气地回答："哪里哪里，这是我应该做的。"

老板又说："想不到，老弟这么年轻就事业大成，家财万贯了啊。"

小林一听，就有点摸不着头脑了，忙问你："你怎么这么说？我可是没多少钱啊。"

老板说："老弟你莫要谦虚了，你给我的那三百万，我会加倍还你的。"

这下小林更不懂了，一边把手拿过来，一边解释："说啥呢，我要是有三百万，烤什么地瓜？"

"那你是……"

"我是你的恩人啊，你忘了，你在悬崖边要自杀的那天，我给你说了那么多道理……"

还没等小林说完，老板的脸都绿了，他大声喊来保安，指着他们骂道："你们是干什么吃的？什么人都往我的办公室里领，脑子都进水啦？"

小林被几个保安连推带拽地拉了出来。小林纳闷儿地问："这是怎么回事啊？"

一个保安说："老板在资金困难的时候愁得到处游走，不知道是谁给他注入了几百万的资金，让他起死回生，他现在正找那给钱的人呢，你说你一个穷烤地瓜的来瞎掺和啥？"

爱情成本

○奚同发

恋爱在如火如荼地进行,如蜜的语言加上物质的滋养,以及聚聚分分的时间的润滑,使得两人的恋爱愈发地火热。从一开始,她就发现,学经济学的他做什么都显出别致的细心和可爱。

心理学家说爱情是有保鲜期的,所以,许多人都是趁着保鲜期就成婚,以致在婚姻的围城里怀念着城外的美好。而另一些人怕保鲜期蒙蔽了双眼,非要试婚什么的,结果是提前上岗把自己弄得身心疲惫,或隐或现地就患上婚姻帕金森或是美尼尔氏症。

好在他们的恋爱有点儿提前停电无法保鲜的味道。仅仅是火热到相拥相吻过几回,时间的润滑就出了问题。她发现,他有时也太不像男人了,总是无论从哪种话题都能转到钱上,甚至在热烈的接吻刚刚分开的一瞬间。一开始,还可以勉强接受,时间拉长,她就觉得,这,有点儿麻烦。虽然花钱时他显得很痛快,事后也并不抱怨或后悔,但总要说起钱。她发现爱情一提钱就有些败兴。

有时独自坐着她也想,为什么不给自己一个理由,他毕竟是学经济的嘛!

但是,他们最终选择了分手。他很不相信,当真明白了她不是开玩笑时,就无奈而干脆地接受了。只是他提出,两人要一起再去喝最后一次咖啡。

生活·认知·成长 青春励志故事

咖啡馆的浪漫气息和柔情音乐曾让她感到这个世界是如此的多情和高贵，而在他的眼里，是装修可能要多少费用，每天平均会有多少客人光顾，雇用多少员工，销售额和利润是多少，多久才能收回成本，从何时开始赢利等等。她曾因此在内心长叹一声。

默默相对，服务员问了几遍二位喝点儿什么，他们才想起来点了各自喜欢的蓝山和卡布奇诺。

他问，真的到了结算的时候？

她把脸扭向窗外，徐徐地点头。

他说，爱情的赤字，意味着经营者的无能……

她没有接话，只是慢慢地把镶有好看的金丝花边的咖啡杯送到自己的唇边。

他微蹙一下双眉，很不甘心地说，唉，有些成本是没法计算的，而有些可以。

听到他从包里翻找什么，她才回过头，望着奇奇怪怪的他，把一个小本子和一堆发票收据摆在她面前。

他说，这是我们两人在一起的所有花销，从喝第一次咖啡、吃第一顿饭到这最后一次喝咖啡之前。这是计账簿。我想，现在我们既然要分手，因为没有了结果，这些账我们只能提前结算注销了。就 AA 制吧！你支付总支出额的一半吧！

她简直有些不知所措。平时埋单，他总是索要发票，她还以为从经济学角度来看，他是为了防止经营者逃避应该支出的经营税。有时，他甚至把发票递到她手里，让她刮一刮，看能否中奖。他们一次也没中过。而现在，这些发票却发挥了它的第三种作用。

她有些恼羞成怒，脸通红，嘴唇颤了几颤，真想骂他一句。可是骂什么呢，找不到合适的句子。她从皮包里抓出一把钱看都没看就摔在桌上。他很轻蔑地斜她一眼说，等等。然后就飞快地点起钱来。她还没起身，他就说，不够，还差着呢！她真想抽他一个耳光，只是尽量压着怒火说，回头给你补齐，一分也不会少你的。哼！就在她鄙夷地发出这一声时，他却说，今天这咖啡，你总要AA吧……

她简直要疯了，大喊了一声令咖啡馆几乎所有的人都能听见：我为你赔了多少时间和感情，怎么算？

他似乎感到她提出了一个可笑的问题，沉着地回答：都一样，我也付出了相同的部分。不过，这一部分成本，属于沉没性成本，无法计入……

后来有一天，她随手翻看辞典，无意中找到了辞条——沉没成本，在经济学上，是指那些已经发生但是无法收回的成本。

爱情也有成本，也同样需要支付成本，其中也包括成本的沉没。她的泪一股脑儿地流下来。突然，她不哭了，她感到自己不能因此哭泣，因为泪水同样是沉没成本的一部分。

生活·认知·成长 青春励志故事

伤丁斌

○邓 焕

　　那天,晓菊正走在去看望贫困学生的路上,山路太陡,又窄,只能容得下一个人,而一边又是悬崖峭壁。晓菊小心翼翼地走着,走得胆战心惊一身汗水。这时候,晓菊的手机响了,是平等中学的杨校长打来的。山上信号差,断断续续的,晓菊只听清楚了一句话:丁斌失踪了。

　　丁斌是晓菊认识的一位初三学生,晓菊是乡里分管教育的领导。那天,晓菊拿着她大学同学的爱心捐款,送给平等中学的杨校长。杨校长把得到捐助的学生一个个介绍给晓菊。晓菊听得心很酸。都说幸福的家庭都是一样的,不幸的家庭各有各的不幸,那些学生不是单亲就是父母患病等原因造成家庭贫困,还有几个是父母双亡的。都是些含苞待放的花儿啊,怎么能经得起这些磨难和悲伤……

　　晓菊给学生们大讲了一通"磨难是人生的一笔财富""经历过磨难的人定能大有出息"之类的大道理。最后,晓菊准备离开了,杨校长小心翼翼地对晓菊说:"领导,我知道,受资助的学生大都是品学兼优的好学生,但是有个别家庭确实困难、成绩又不是很好的学生,能不能也给他一点钱……"

　　就这样,晓菊认识了丁斌:一个挺刺头的初三贫困学生。杨校长把丁斌找来的时候,丁斌刚打完架。丁斌十五岁,个子小小的,与他的年龄相差太远。晓菊打量一下丁斌,说你就是丁斌?与我想象的不一样,一个爱打架的学生,应该是大个子啊,怎么是个小不点儿?

丁斌一听这话有些狡诈地笑了,说,老师,我有力气,他们打不过我。

在丁斌的带领下,杨校长陪同晓菊去了丁斌家一趟。丁斌家在三娘湾乡政府所在地的村子里,离乡政府不过两千米。那个家只有两间破木板房,两块树皮钉在一起,算是门;房子到处都是缝,晚上睡觉,躺在床上,一睁眼就能看见月亮和星星。

丁斌家只有一个走路都打飘的奶奶。祖孙两个的一切费用全靠奶奶捡破烂……老人家六十多岁了。说起丁斌的父母,老人家未语泪先流。原来丁斌的母亲是他父亲在外地打工时骗回来的,那时候他们已经有了丁斌。到丁斌三岁左右的时候,丁斌的父亲酒醉失足摔下悬崖之后,丁斌的母亲就不顾一切离开了这偏僻的穷山恶水的地方。到现在,丁斌十五岁了,母亲一直音讯全无……

晓菊听着,像听一个传奇故事。末了,晓菊泪水涟涟地拍拍丁斌的肩膀:"丁斌,你好好读书,你读书的费用由姐姐来出。你一定要用功读书,将来考上大学,才能找到你妈妈!"

丁斌却没有多大的反应,只是很关心地问:"老师,你真给我钱么?你给我多少?"

晓菊告诉丁斌,她要算算,看丁斌一年需要多少钱,她就给他多少钱。

过几天,晓菊把钱给了丁斌的班主任,交代班主任按月给丁斌生活费。丁斌却心急火燎地找到了晓菊,有些着急地说:"老师,你能直接把钱给我吗?不要给我的老师可以吗?"晓菊问为什么,丁斌说:"老师,这是我的秘密!"晓菊没有勉强丁斌,她想丁斌十五岁了,他应该有他的秘密。晓菊打电话给丁斌的老师,把钱给了丁斌。

过几天,晓菊去学校检查工作,杨校长告诉晓菊,丁斌还是贼性不改，他偷了同学的自行车。晓菊叫人把丁斌找来。丁斌站在晓菊面前，小小的身躯由于情绪激动，胸脯剧烈地起伏着。丁斌告诉晓菊，他没有偷别人的东西。那个自行车是旧的，是同学不要了的。晓菊看了现场，是一辆破旧的自行车，丁斌把自行车的轮子卸下来，还把轮子拿走了。任凭晓菊和老师怎么问，丁斌倔强地不说轮子的下落。丁斌说："你们永远都别想知道轮子的下落，我永远都不会告诉你们的！"

杨校长有些尴尬："领导，真不好意思，介绍这么一位学生给您！"

晓菊摆摆手，说没关系，是我的工作没做好。

还有一个月就要中考了，而这时候丁斌却失踪了，一起失踪的还有丁斌的奶奶。晓菊回到乡里，根据人们提供的线索，很快就找到了丁斌。

在通往县城的柏油路上，丁斌推着一辆用自行车车轮制成的轮椅，正在吃力地爬坡，他小小的背脊弯曲得很厉害，车上坐着他的奶奶。

晓菊赶过去，帮忙把车推上山坡。在坡顶，奶奶放声大哭："我就要死了。我死了不要紧，但丁斌不能在世上没有了亲人啊！我要带丁斌去找他的妈妈！"

丁斌却低着头不说话，良久，他才抬起头，对晓菊说，老师，你是来把那些钱要回去的吧，我还给你！

晓菊不说话，一把将丁斌搂在怀里，一时泪流满面。

同龄人

○史雁飞

那天，朋友打电话说，她的丽人时装店进来一些质量上乘、样式新颖的名牌女装，让我过去看一看，挑选几件。听到这个消息，我很高兴，太好了，正没换穿的衣服呢。于是，我赶紧收拾一下，打车去了"丽人"。

我走进丽人时装店，各色各样的衣服尽收眼底，看哪件衣服都好看。朋友陪着我，笑着，转着，看着，走到角落处，一条高高挂起的黑色时尚短裤吸引了我。我让朋友取下来，我要试穿。

穿在身上，对着穿衣镜左照右照，看上去还不错，感觉这条短裤挺适合我。于是，我决定买下来，虽然价格贵了点，但也没关系，因为我喜欢。

正在这时，店里进来一个年轻女子，边跟朋友打招呼，边笑盈盈地向我们走来，看见我手里拿着的漂亮短裤，也让朋友给她找一条，她也要试穿。朋友笑着，答应着，忙乎着。

当短裤穿在年轻女子身上时，我惊羡，太漂亮了。年轻女子在穿衣镜前转来扭去，左瞧右看，脸笑得灿如桃花。

相比之下，我便有了自知之明，很显然，这条短裤穿在自己身上远没有人家穿着漂亮。

接下来，年轻女子又试了风衣，试了裙子。我坐在低矮的小圆凳子上，羡慕得很，她那柔软纤细的腰身，修长笔直的双腿，白皙漂亮的脸庞，还有那一脸灿烂的笑容，穿哪件衣服都漂亮。

低头看自己手中拿着的短裤，信心全无，把短裤递给朋友，摇头叹息。

年轻女子看我气馁的样子，开始跟我答话。她说："姐姐气质好，你穿这条短裤也好看。"我唉声叹气着说："不行了，老了，你们年轻的多好啊，穿啥衣服都好看。"

年轻女子更高兴了，话也多起来，她说："其实姐姐长得蛮好看的，可能平时没注意保养吧？"我笑了说："能咋保养啊！是你年轻，我老了，快五十岁的人，身型变得腰粗体肥了。"

听我这么说，年轻女子大笑起来，回头对朋友说，那件，就是模特身上穿的那件，粉红色的短上衣，拿来我试试。我心想，看来这女人是个爱笑的人。

年轻女子一边试衣服，一边对我说："其实我也是快五十岁的人了。"我"啊呀"一声，目不转睛地看着她说："怎么可能，别开玩笑了。"她说："是真的。"我说："不信，难道你整容了？"

她说："没有，我可不受那份罪，我只是平时注意保养，体内循环，讲究调节。"

她不再试衣服了，挨我坐下，她很热情地给我讲起了保健知识，讲得头头是道。她说："女人到了一定年纪，就得注意保养了，再不懂得保养自己，就真的成黄脸婆了。其实，光擦化妆品是不顶用的，必须从内到外调节保养，才能有效果。"我对她的话产生了很大兴趣，一边听她讲，一边向她咨询了很多保健知识。

她说："你看我，肤色不错吧？我长期吃养生粉。"我说："养生粉？"她说："嗯，养生粉。"说着，她竟从兜里掏出一盒养生粉，递给我，说："你看看，就这，长期服用，就能保持体型，去皱减肥显年轻。"

我手拿养生粉，看得认真又仔细。

她看我那认真的样子，就说："姐姐把电话号码给我，如果姐姐需要的话，我明儿联系姐姐，给姐姐送过来？"

看着她细腻白净的脸蛋，我笑了。

朋友招呼完别的顾客，看我们还在聊，笑着走过来，悄悄拉了一下我的衣角。

年轻女子走了。朋友对我说，她是搞保健品推销的，主要推销养生粉，她经常来我店里试衣服，但很少买，她才二十九岁。

我哑然。

大 师

○史卫民

  我以昆山市武术协会副主席兼昆山武术学校校长的身份向大家讲述有关我的真实故事。

  我本是昆山市某局一个小小的公务员，之所以用"小小"两个字，是因为我并非公仆那类，我的工作是抄抄写写，东跑西颠，是偶尔可以随公仆们吃上几顿公饭的那种。

  说实话，我确实学过几天功夫，还是在小学的时候，三脚猫的功夫。当时武术刚抬头，我们村有个老头儿，会那么几式，学校开运动会，请他指导过一个月，我是被指导的一个。大概是小时候学的东西最不易忘记，有时清早锻炼的时候还能打出一些零散招数。但是，我绝不是武术爱好者，虽然我喜欢金庸，那也仅是从文学的角度。我成为大师，要从五年前的一天开始。

  我们上午上班的时间是8点，作为一个小公务员，我很少迟到。可是那天我走到局后院围墙边的时候，我看了看表，当时的时间是7点58分，也就是说，我即使跑步绕到局前门也是迟到了。局后院的围墙有两米高，我动了跳过去的念头。说来也巧，我准备越墙的最佳位置正好停了一辆农用车，真是天助我也！我一个箭步跨上农用车，向上一纵身，双手一扶墙头，两腿一偏——也许是我的头刚露出墙头，也许是在我下落的时候，我分明看见我们局长和办公室王主任正并肩在后院溜达。我想收式已经来不及了，或许是为了避免尴尬，我落地时来了一个武术动作。

"小史，身手不错嘛！"王主任和我打哈哈。"领导夸奖！"我只好向两位领导扮了个鬼脸。"对了，小史，你上午到大名饭店去一下，让他们安排六个人的伙食。今天人不多，你也算一个吧。"王主任吩咐我。六个人，300元的标准，在我们局是中档待客标准。客人是《昆山晚报》的两位记者，陪客是李局长、张副局长、办公室王主任和我。

空调雅间，古朴的桌椅，考究的餐具，醇香的美酒。特别不协调的是，一只苍蝇在大家眼前飞来飞去。我们的王主任用手赶了三次它都不肯离开。我原本是拿了筷子去夹花椒肉里的一根猪毛的，也不知怎么那么巧，我的筷子正要合上的时候，那只蝇子正好落在了两根筷子的中间。于是，我们的局长、主任和两个记者便看到了只有在电影上才能看到的竹筷夹飞蝇的绝招。"小史，你他妈真人不露相啊！"我们的局长第一次用"他妈"形容我。"不好意思，它撞在我枪口上了。"后来我想，我这句解嘲的话被在场的人理解成了谦虚。

接下来的几个月和接下来的几年，我的经历是戏剧性的：先是飞身越墙传奇和竹筷夹飞蝇的传奇在我们局里越传越奇。再是局里的年轻人都要找我传授功夫（当然我没什么可传）。再是局里同事把对我的称呼由"小史"改成了"老史"。然后是《昆山晚报》刊载了两位记者合写的一篇报道：《大师》。文中描述他们亲眼看到我竹筷夹飞蝇的绝技，和亲耳听说的我越两米高的围墙如履平地的功夫。他们甚至还进行了暗访，因为我的邻居向他们介绍了我在晨练时确实在练什么功夫，于是有很多人开始称我为"大师"。我先是跟所有的人解释，但无疑更增加了我的神秘。我再跟领导说明，领导说谦虚过分就是虚伪。我只能沉默，这太好笑了，于是便拿金庸古龙的武侠小说胡侃一气。

当年年底，我们的局长便写了报告，把我作为人才推荐到了市里。第二年年初，昆山市有关领导就找我谈话，说市里正缺我这样的人才，市政

生活·认知·成长 青春励志故事

府拨款，在一个倒闭的厂子里，成立了昆山武术学校，由我任校长。

能看出我手下的那些武术教师"少林拳""武当掌"确实有功夫，他们对我的功夫也深信不疑。大概是因为我的缘故吧，武校门庭若市。第三年，昆山武术学校在七个县开设了分校，我的年薪涨到了五万。昆山市主抓文教的副市长在一次讲话中称昆山武校拉动了昆山市经济的发展。

第四年，我被任命为昆山武术协会副主席。

第五年，我们昆山武校的第三届学员在全国武术比赛中获奖。我被评为省级劳动模范。我现在成了昆山市的名人，但我过得很不踏实。在此期间我资助了六名贫困学生。有报道说，史大师不仅武德高，而且品德高。我写了一篇和本篇文章内容相同的东西，有报道便说，史大师不仅武德高，而且会写小小说。这几天，我的脑海里总回荡着一句话：你是骗子，你是骗子。

我是骗子吗？恐怕如果我不是爬上昆山市最高建筑，然后大喊一声："我是骗子！"再然后从上面跳下来，是没有人会相信的。对了，我即使那么做了，也许会有报道说我是功力太高以致走火入魔。

我注定了是位大师。

死亡的规格

○秦德龙

老苏作古了，脑袋一歪，去了另一个世界。有热心人就跑去问领导，老苏的追悼会，怎么开？

"什么追悼会？谁说要给他开追悼会了？"领导沉着脸问。

热心人一愣，领导说这话是什么意思呢？单位的人死了，不都是单位出面治丧吗？

领导瞧着热心人说："你说得不对嘛，老苏是什么级别？"

热心人更糊涂了。老苏是个群众啊，群众有什么级别？因为老苏是群众，追悼会就不开了？

领导木着脸说："怎么和你说呢，只能给老苏搞遗体告别仪式，不能开追悼会！"

热心人越发糊涂了。不都一样吗？遗体告别仪式，不就是追悼会吗？

领导说："遗体告别仪式和追悼会，概念是不同的！上级有规定，追悼会不能随便开！一般的人，死了之后，只能搞遗体告别仪式。我也是同样，别看我是你们的领导，将来我作古了，也只能搞遗体告别仪式。为什么？因为，我这一级，从上边往下看，也属于群众！"

热心人"哈"一笑，明白了，挠着头皮走了。

热心人见人就说，老苏是个群众，只能搞遗体告别仪式，不能开追悼会。一边说，一边解释，把领导也解释进去了。人们就笑。谁都没想到，人死了以后还有这个规矩。既然有规矩，那就按规矩办吧。

可是，老苏的儿子却不同意这个规矩。老苏的儿子伤心地说："我爸都死了，还有人给他讲规矩？"

老苏的老婆也说："真是欺负人！为什么不能开追悼会？过去，人死了，都开追悼会。"老苏的老婆说着，就给前来吊唁的人背诵了一段伟人语录："今后我们的队伍里，不管死了谁……只要他是做过一些有益的工作的，我们都要给他送葬，开追悼会。这要成为一个制度。这个方法也要介绍到老百姓那里去。村上的人死了，开个追悼会。用这样的方法，寄托我们的哀思……"

伟人的语录一背，大家都有话说了，纷纷议论，村里的老农民死了，都主张开追悼会，老苏总比老农民强吧。

话一说到这个分儿上，就很难分清黑白了。

热心人又找到了领导，反映了群众意见，说苏家人和群众，都要求开追悼会，而不同意搞遗体告别仪式。

领导为难地说："这我可做不了主。我们打个报告，向上级请示请示吧。上级让开追悼会，我们就开追悼会。"

热心人说："理由一定要写充分，老苏是恪尽职守，累死在岗位上的。"

领导点了点头，心里却在说，因公累死的，就够格了吗？

热心人把领导的话捎回来了。那就等吧，等上级的批示吧。

可是，葬人的事，是不能等的。苏家人等到第三天，又等到第五天，也没等到上级的批示。老苏的老婆就急了，对儿子说："第七天，必须出殡了，单位不给开追悼会，咱就自己开。"

老苏的儿子说："不就是挂个横幅吗？我们自己弄。"

热心人说："要弄，也得殡仪馆给弄。现在，哪有挂横幅的？都是电子屏幕打出来的字。一定要和殡仪馆说好，让他们给打个'追悼会'。当然，这事，还得给领导通个气，不能把单位给甩了。毕竟，老苏是个有组织的人嘛。"

热心人又跑到领导面前，把苏家人的意思说了。

领导皱着眉头说："死者家属要自己弄，就和单位无关了。"

热心人说："领导就睁一只眼闭一只眼吧。人都死了，别太认真了。"

领导说："不是我认真。单位有这么多人，全国有这么多人，将来，一个个都死了，都开追悼会，那不乱套了吗？"

热心人说："管那么多干啥？将来，您有那么一天，我们要想尽一切办法，给您开追悼会，而且，是自发的，高规格的！"

领导"噗"一声乐了："你这家伙，真坏，盼着领导死啊？"

热心人说："那咋办呢？群众都知道，领导最热爱生命了，最不想死了！"

领导挥挥手说："得，别咒我了！想咋办就咋办吧。"

热心人笑笑，跑回去对苏家人说了领导的态度。老苏的儿子，扯上热心人，去了殡仪馆。交了一切该交的费用，又咨询能不能开追悼会。

殡仪馆的人说："不就是个追悼会嘛，好说！再交两百块钱吧。"

老苏的儿子说："什么？'遗体告别仪式'五个字，'追悼会'三个字，少了两个字，还要多交两百块钱？"

殡仪馆的人说："这叫处置费。交不交？不交，还是搞遗体告别仪式。"

老苏的儿子连声说："交交交，当然要'追悼会'！"

殡仪馆的人问："骨灰盒选好了吗？高、中、平三个档次，要哪种？墓地挑了吗？进烈士陵园，还是进公墓？"

老苏的儿子问："骨灰盒要高档。烈士陵园也能进吗？"

殡仪馆的人说："当然能进！想让老爷子当烈士不？想的话，开张证明过来，交两千块钱，给块烈士墓！"

老苏的儿子问:"我爹是以身殉职的,应该让他当'烈士'。"

老苏的儿子说完,拉着热心人走了,请热心人给领导说说,签个字,批个"因公死亡"的证明来。

热心人想了想,把领导拉到了酒馆,灌了一瓶酒。领导是半斤的酒量。一瓶酒一灌,就迷糊了,就把字签了。

终于如愿以偿了,开了追悼会,老苏入土为安了,葬进了烈士陵园。

不久,单位销毁老苏的人事档案,发现他曾在一份材料上写过一句话:"将来,我离开人世,不搞任何形式的悼念,骨灰撒入黄河。"

领导看着材料,幽默地说:"就让他安静地躺在烈士陵园吧,再不要惊动他了。反正,是家属自费搞的嘛。"

牙和爱情不可自拔

○魏剑美

我不知道这世界上有没有从没失恋也从没牙痛过的家伙，如果有的话那他准是人类中最幸福的一个，比随便买张彩票就中五百万还要让人羡慕。先前我一直认为牙痛难眠的夜晚是最难熬的，不过有朋友断然指出：失恋而又牙痛钻心的夜晚，才是真正"天将降大任于斯人"的征兆。

牙痛比失恋更折磨人的是：失恋至少还曾经恋过，"春宵一刻值千金"，好歹赚取过精神货币，而牙未痛之前却绝无此种美妙；失恋原则上不用耗费家财，而从牙医那里出来的人一个个都要用"千金散尽还复来"之类的话来获得精神胜利。也正因此，我认识的一位著名的蛀牙诗人感叹道："钞票诚可贵，爱情价更高，若为牙痛故，二者皆可抛。"

受此启发，每每碰上有因失恋而郁郁无生趣者，我就说："切，你这算啥啊，瞧瞧那牙痛的伙计，哪个不比你苦大仇深？"

还记得读大学那会儿，满口蛀牙的夏同学一天到晚哼哼哼，好像他就是薛蟠大爷诗中的那只蚊子。在陪他去地区医院拔牙的路上，我一直没心没肺地笑话他是"虎口拔牙"。现在想起来，真庆幸这哥们儿宽宏大量没有和我这样无情无义的家伙割袍断义。要是换成马加爵，一铁锤抡过来也未可知。

不过我想，牙痛时还能找到铁锤的人，是会敲掉自己那颗痛牙的。丰子恺先生写过一篇牙齿征伐史上的奇文《口中剿匪记》，他阁下被口中的

"官匪"们敲诈盘剥得忍无可忍,终于将自己全部17颗大牙斩草除根,真正是除恶务尽,大快人心,普天同庆!

但今天的医生似乎将拔牙当做莫大的事件,总是想方设法让你保留下病牙,以做他们扩大再生产的资源。还记得我在某大医院敲掉第一颗牙时,两名医生嘟嘟哝哝,连说可惜可惜。我就不知道有什么可惜的,这样的罪魁祸首我还恨不得找把老虎钳子来自己动手丰衣足食。人家丰子恺牙齿拔得一颗不剩,照样该吃就吃该喝就喝,还活了七八十岁。

某次去看牙医,那进修医生以勘探矿藏的眼光左瞧瞧右看看,嘴里嘟哝说:"这是不是隐裂啊?"似乎是要我老人家给拿个主意。我心里有些许感动:不耻下问,真正是夫子遗风啊!另外一个白大褂拿眼一扫即大大咧咧地答道:"就按隐裂搞吧。"直到那时我才明白什么是"宁可错杀三千"。

我这情况据说还算好的。另外一个伙计去看牙医,去时还只是鼓着一张蛤蟆嘴,回来的时候差不多就成了一个时刻在卖力的吹鼓手——他阁下还真是一个写官样文章的"老报人"。

凡事"一回生二回熟",有过一次拔牙的经历,"再向虎山行"时就没笑傲什么"风萧萧兮易水寒"。这回俺找了位知名专家,以免人家再次"不耻下问"。专家到底是专家,三两下将我一颗多年前长成的智齿斩草除根。但问题是我真正痛的是旁边那颗,颇有些冤杀好人而放过元凶的味道。好在教授解释说这病牙的痛就是那智齿的挤压引起的。那为什么不杀病牙留智齿呢?教授的助手说是因为智齿长歪了。看来正统之争不仅在写《三国演义》的罗贯中那里举足轻重,在牙医这里同样显得至关重要。

带着快意恩仇的心情回到家中,谁知道午睡起来,嘴里又是疼痛难忍。这就奇怪了,莫非那被姑息养奸的病牙不但不痛改前非,还要一意孤行自绝于人类?赶忙又预约医生,强烈要求进行"二审开庭"。虽然没能做到"不冤枉任何一颗好牙",但起码也不能"放过任何一颗坏牙"吧!

牙痛难忍的时候,真还有点埋怨老婆大人当初没有选择学牙医专业。

要不然哪怕是夜深人静的三更,我照样可以踢踢她说:老婆,有劳你将左边第七颗牙给拔了如何?

那样的话,牙和爱情差不多都可以自拔了啊!

生活·认知·成长青春励志故事

给未来的一封信

○佚 名

分 享

一个故事：犹太人规定星期天休息，什么事也不能做。一位犹太族的酋长很喜欢打高尔夫球，一个星期天，他实在想去打高尔夫球，犹豫很久，最终决定去了，因为所有的犹太人都休息，就不会有人看到他。

当他正在球场上挥杆的时候，被一位外出的天使发现了。这位天使就向上帝报告，让上帝惩罚一下这位酋长，上帝答应了。

等到天使到球场上再去看的时候，发现酋长越打越好，九洞中有七洞都是一杆入洞。酋长很开心，于是决定再打一局。

天使很奇怪，又去找上帝，让他一定要惩罚酋长，上帝又答应了。天使又回去看，发现酋长打得更好了，九洞全是一杆入洞，酋长开心极了。

天使实在难以理解，回去问上帝这是怎么回事。上帝微笑着对天使说，我已经惩罚他了，他今天打得这么好，是他有生以来打得最好的一次，可他却不能向别人诉说自己的快乐，这难道不是一种痛苦吗？

老婆，认识你真的很好。从我们相爱的那一天起，我对自己说，这是一个要与我一起分享的人。分享我的快乐，分担我的悲伤，我也会分享你生活中的点点滴滴。

我们来到这个世界都是孤独的，一个人来，最终还要一个人离去。我们的思想也常常是孤独的，尽管别人可以理解我们的思想。很多时候，我们寂寞地活在这个世界上。

我有时在想，上帝是不是觉得我们太孤独了，才让我们的感情中有了爱情的成分。爱情真是一种奇怪的东西，两个陌生的人，竟会因为爱情而相濡以沫，分享彼此的生活甚至生命，真的不可思议。

老婆，把我的手放在你的手心，让我的生命和你合在一起，我愿和你一起去流浪。

唯 一

看过《小王子》的故事吗？其中有这么一段：

狐狸对小男孩说："对我来说，你还只是一个小男孩，就像其他千万个小男孩一样。我不需要你，你也同样用不着我。对你来说，我也不过是一只狐狸，和其他千万只狐狸一样。但是，如果你驯服了我，我们就互相不可缺少了。对我来说，你就是世界上唯一的了；我对你来说，也是世界上唯一的了。"

老婆，看到这个故事的时候，我想，我们很幸运地相遇了，如果我们没有遇到，该怎么办？可是又能怎么办呢？没遇到你，也许会遇到别人，生命不可以假设，生活也无法重复。

老婆，我想对你说：对我来说，你只是一个女人，就像其他千万个女人一样，我不需要你，你也同样用不着我。对你来说，我也不过是一个男人，和其他千万个男人一样。但是，如果我们相爱了，并决定用一生的时间牵手一起走过，我们就互相不可缺少。对我来说，你就是这世界上的唯一；我对你来说，也是世界上唯一的。

我说得对吗，老婆？

生活·认知·成长青春励志故事

信 任

  我喜欢安徒生童话中的那个故事——《老头子做的事儿总不会错》，而且随着年龄的增长，我越来越喜欢这个故事。

  这个故事让我觉得亲切，我喜欢那对笨笨的但绝对可爱的老夫妇。老头子做的事儿总是对的，即使他用一匹马换了一头牛，用一头牛换了一只羊，用一只羊换了一只鹅，用一只鹅换了一只鸡，最后用一只鸡换了一堆烂苹果。在世俗的眼中这是多么愚蠢的行为，可老太太却在老头子嘴上接了一个响亮的吻，仍用最快乐的声音对老头子说，你做的事儿永远不会错。这种信任的感觉，是多么的美好。

  老婆，我们生活在世俗的世界中，这个世界上不止我们两个人，我们的爱情可以是纯洁的，可我们的生活注定是世俗的。从我们走到一起的那天起，我们就必将面临许多我们无法预知的事情，而其中有些事情会伤害到我们的感情，这是我们都不希望却又无法回避的。

  老婆，今后我们无论遇到什么样的事情，无论碰到怎样的困难，都要相信自己，相信对方，相信我们的爱。

  无论发生什么事，我们都要紧紧依靠，牵手一起度过。你说好吗？

圣诞"礼物"

○ 肖玲玲

公司的圣诞 party 就要开始，我匆匆往钱包里塞了几百块钱，拎着坤包，拉着欢呼雀跃的女儿飞奔出门。空中飘着细细的雨丝，街灯穿透雾霭似的寒风，散发着温暖、迷蒙的光芒。牵着5岁女儿挤上公交车，女儿指着沿途看到的圣诞饰物惊喜地叫着："妈妈，圣诞老人！圣诞树！"我的眼波随她的手指流转，跟着她沉浸在节日的兴奋和喜悦中。

车上拥挤不堪，我护住女儿，猛然发现坤包门户大开，钱包不翼而飞。我大惊失色，焦急地大叫："停车，有小偷！"汽车停住了，我迅速拨打了110。

身旁站着一对神色慌张的青年男女。我顿生疑窦，死死盯住了他们。"小偷在哪儿？我是警察！"一个大高个儿亮着证件挤上了车。我指着那对男女告诉他："我怀疑他们偷了我的钱包。"

"'老虎钳'，又是你？"警察一把扭住了男青年。

那个男青年是名惯偷，还吸过毒，女子是他的女友。可他连呼冤枉，拒不承认作案。他的女友喃喃地说："他早就改了，他真的改好了。"

在警局，审问、搜身也没能找出我的钱包。录完口供，警察说要进一步审讯，请我们先回家。

牵着女儿走出警局，我的心情凝重得如结了冰一般。女儿伤感地说："叔叔不乖，他得不到圣诞老人的礼物了！"

"是的，圣诞老人不但不会送礼物给他，还会狠狠地惩罚他。"

"圣诞老人一定会送礼物给我们，因为我们是好人！"

"嗯！"我点点头，抚慰地吻了吻女儿的脸。受了一场惊吓，也错过了圣诞party，我只得带着女儿回家。打开卧室橘黄的台灯，我和女儿疲惫地瘫倒在床上。突然，我们的手同时触到了一样东西——我的黑色钱包。原来钱包根本没带出门！坤包拉链可能是我掏零钱时忘记拉上了。

"叔叔不是小偷！"女儿盯着钱包，幽幽地说，"是咱们害得他收不到圣诞礼物。"屋外寒风凛冽，雨越下越大，我嘟哝着对女儿说："反正他们是小偷，活该受惩罚。"这样想着，我便搂着她躺进了热乎乎的被窝。黑暗中，女儿稚气地问："妈妈，警察局好冷，叔叔阿姨会不会冻坏？"面对孩子纯洁的心灵，我的心如被千百条小虫在咬，再也无法安睡。那个男青年，不管他曾经做过什么，但今夜，他却是无辜的。我对女儿说："乖乖睡觉，妈妈去告诉警察叔叔，钱包没丢！"

"不！我陪妈妈去！"女儿"呼"地从被子里钻出来，长长嘘了口气，"原来妈妈和宝宝一样睡不安呀！"

赶到警局，我拿出钱包，说明了一切，并低声向那对男女道歉，男青年竟像个孩子般呜呜地哭起来……

回家的路上，女儿仰起小脸："妈妈，叔叔还能不能收到圣诞老人的礼物？"

"会的，一定会！"远处教堂响起了零点钟声……

三娘教子

○吴卫华

明清时期的修脚业最为盛行,皇宫内也有专业的修脚师,这是因为古时女子大多缠脚,城市商贾及秀才都以布裹脚,而农工劳作长年赤足,致使很多人患有脚疾。

1911年清帝逊位,一些被遣散的太监从皇宫中流落到民间,其中就包括专为帝妃们修脚的公仪佚。幸亏公仪佚平时攒有积蓄,从皇宫出来后就在老家昌府城买了一座民宅,过起了深居简出的生活,更不向人显示他修脚的手艺。但昌府城的人还是知道了公仪佚的绝活儿,那些官员富商,有脚疾的没脚疾的,都想让公仪佚这个大清皇帝的御用修脚师给自己过过"皇"气儿,亲身体会下天子的享受。公仪佚一例推说他老眼昏花,连脚上长着几根指头都看不清了,又是那么锋利的修脚刀,大伙儿就不要因小失大了吧。话虽这么说,昌府城的人明白,这个前清的老太监,一辈子精益求精恭敬慎微地侍候过皇帝、妃子们的龙趾、凤爪后,是不想再侍候任何人的蹄子了。

那天大清早,公仪佚习惯地早早地起来打开宅门想出去遛弯儿,刚迈出门槛,就有一个满身脂粉气眉眼极其标致的女人领着一个清瘦的男孩子扑通跪到他面前,好像早就站在门口就等他出来。公仪佚一怔,细着嗓子问:"这是做什么?快快起来。"女人不但没起来,反把身边的男孩子也拉跪下去,说:"我是'怡春院'的,这是我儿子,不知道该怎样教养下去了，您要是不嫌弃，就把他认为干孙子，让他给您养老送终，我和他一刀两断；您要是嫌弃他，就让他在您这儿做个下人，赏他口饭吃。"公仪佚知道"怡春院"是昌府城最风光的妓院，看这女人的打扮和面相，绝不是末流娼妓，应是头牌姑娘。再看那男孩子，有十四五岁，长得眉清目秀，只是暗里透着些浮糜气。公仪佚对男孩子不觉有些喜欢，可平白无故地收为干孙子让他有些犹豫。那女子并不等公仪佚说什么，趴在地上又给公仪佚磕了个头，看了儿子两眼，站起来头也不回地走了。男孩子赶紧从地上爬起，向女人离开的方向跟了两步："妈妈。"公仪佚过去拉住他瘦弱的胳膊，叹口气说："孩子，这是你的命。告诉爷爷，你叫什么名字？"男孩子茫然地看着老奶奶似的公仪佚："我叫冷清秋。"

　　公仪佚用了五年时间，才把全部技艺传给冷清秋，然后就无疾而终了。冷清秋干的是下九流的营生，端的却是上九流的架子，这是他从公仪佚那儿承继来的。别的修脚师傅都是在集市上就地揽活儿当众修脚，冷清秋不做这地摊儿生意，他做的是上门活儿，给人轿抬车拉地请去送回，进出的都是深宅院高门楼。

　　在冷清秋的修脚生涯中，注定有一个女人要把他推向这行业的巅峰。

　　冷清秋有自己的规矩，那就是谁来请他修脚都去，就是不给昌府城的大布商元高庆的老婆修脚。元高庆的老婆有着严重的脚疾，常年无法行走，求遍医药无一奏效。元高庆几次亲自去请冷清秋，冷清秋打发元高庆的只有三个字："请回吧。"从不多说一个字，气恼得元高庆提起冷清秋就骂："不过一个脚奴，架子却端得海大。"

　　元高庆的老婆实在不堪忍受脚病的折磨，放出话去，说如果有人能治好她的脚病，她就在昌府城高搭戏台，请曾给慈禧太后唱过戏的碧云霄大唱三天，给他扬名传姓，另有重金相酬。一时间，那些江湖郎中、修脚师傅、昌府名医，无不跃跃欲试趋之若鹜地奔往元家，可有一多半未经医治只看那病脚的模样，就知难而退了。原来元高庆老婆的两只小脚不仅高度腐烂，连骨头都变黑了。昌府城的名医说："再不截去双脚会上延双腿，致使双腿坏死，再向上，可就不好说了。"元高庆的老婆固执地说："有一人还没给我治呢，我这腿还有希望。"

让人奇怪的是冷清秋既然不给元高庆的老婆治脚病，却要每天问一遍在元高庆布店当伙计的王小毛："元太太的脚怎样了？"王小毛和冷清秋住近邻，每次都据实回答，冷清秋听后也不表态。

元高庆老婆的双脚越来越腐烂了，不光恶臭熏人脓水不止，并且坏死处渐渐向小腿扩散，再没一个医生上门给她医治。元高庆担忧地说："截肢吧，再不截就没命了。"元高庆的老婆咬着牙说："还早呢，我不信他就不来！"

突然有一天，冷清秋走去跟那早出门去布店的王小毛说："告诉元太太，就说我早饭后去给她修脚。"王小毛狐疑地看着冷清秋："她那脚还能治吗？骨头都黑了啊。"冷清秋叹口气："她那脚不是成全我就是毁了我，好歹得去。"

元高庆的老婆虽然徐娘半老又经病痛折磨，可风韵犹存，见冷清秋来了，勉强在床榻上坐起，屏退众人，笑逐颜开地说："你总算来了，我这脚倒没什么，可那三天大戏一定要唱给你。"冷清秋见过病脚无数，眼前的这双病脚还是让他吃了一惊，那只是两团筋连骨离的腐肉，让人看了既恶心又恐怖。冷清秋不由跪在元高庆老婆的脚前："这脚已经废了！"元高庆老婆依然笑着说："你不能让它废了，还有三天大戏唱给你呢。"冷清秋含着泪说："那你可要忍着点儿。"

没人知道冷清秋是怎样给元太太治脚病的，侍候在屋外的人就听元太太一直在喊疼似的扯着嗓子唱《三娘教子》中的词儿，嗓音艰涩颤动又不遗余力，她唱得最疼痛的是王春娥教子的一段："骂一声小奴才真个劣性，长成人定是个不孝的畜生。小甘罗十二岁当朝一品，商辂儿中三元至今扬名。我的儿少年时不求上进，到将来一事无成空负光阴。儿要学前辈人立志发愤，娘也要学孟母教儿成人……"屋外的人只听得心惊胆战。

冷清秋从屋里出来时，外面的人见他汗水泪水交织了满脸，前胸后背的衣服全被汗渍了，他精疲力竭得不愿多说一句话，手也没洗，径直离开了元家。

元高庆的老婆卧床两年后，又能走路了，这消息让整个昌府城振奋起来。元高庆真的在昌府城内高搭戏台，请来曾给慈禧太后唱过戏的碧云霄大唱了三天。每一开场，元太太就会稳稳当当不用人扶地走到台下正前面的包座里看戏，勾引得一戏场的人全支脚引颈地看她，嘴里啧啧赞叹着冷清秋的奇技。

碧云霄开场重头戏唱的是《三娘教子》，末尾压轴戏是《金殿认子》，来看碧云霄唱戏的人几乎空了一座昌府城。

冷清秋成了昌府人口里的一个传奇。后来有那知情的爆料说，元太太是从良跟了元高庆的，冷清秋就是她当年送给老太监公仪佚做干孙子的私生子。

唱过三天大戏后，元太太就再不出门了。有侍女偷偷传出内幕说，元太太的脚根本就没好，是冷清秋给她锯掉坏脚后接上的假脚。

不管怎么说，冷清秋的大名在昌府城无人不晓了。

一出小悲剧

○姜　敏

　　人生真是一幕大戏。生老病死、大喜大悲的主线之外，不经意间便又演出许多颇具戏剧性的小品，有时还真让人啼笑皆非。

　　那回出差从外地赶回时，已是夜里12点多了。面对着那两扇冷漠的大铁门，我才陡然想起：忘带院门钥匙了。而那供人夜间进出的小门已关闭！

　　起先我并不太以为然。我至少有三种摆脱困境的办法：厚颜敲门，请院内一楼住户开一下门；大声叫自家老婆下楼开门；设法爬进去。我徘徊再三，终觉深更半夜，秋凉中惊扰一楼人家太不好意思。而我家住六楼，只怕将整座楼都吵醒也未必叫得醒妻子。于是我决定爬门。不料，那看着不太高的铁门一无可攀缘之处，夜露又使它极滑，扑腾了好几次后，我改打翻墙的主意。巧的是铁门南边二三十米处有堆乱砖，帮我上了墙。然而墙下是一楼人家的独院，不能从那儿下。而当我战战兢兢地在又高又滑的墙头挪到铁门处时，却发现我不得不再爬回去：铁门里边是斜坡，地面距墙顶竟有一丈多高，我可不想跌个鼻青脸肿。

　　回到地面上时我才真正感到了困窘。倒不是因为那身并不算差的西装上已蹭满污迹，而是我意识到，今夜要想不在外冻到天明，只有两个因夜深而颇不易行的办法。一是住旅馆，但附近没有，这时候就算找到店，八成是关门的。唯一明智的办法是找个地方向家中打电话。但上世纪90年代

生活·认知·成长 青春励志故事

初的电话可远没有现在这样普及。我背负沉重的行包，喘着粗气沿着空荡荡的大街走了二十来分钟，求了一个尚营业的酒吧，一所大学门房，一个看店的老头儿和一个政府机关。两处告以电话坏了，一处不理我。而最后一处则温柔地告以只有内线电话！一狠心，干脆叫了辆出租车，直奔鼓楼电信局……

在寒夜里折腾了近两小时的我，总算回到了此时倍觉温暖的巢。不意迎接我的却是另一种尴尬！遭我连累而白爬了回六层楼的妻子的"慰问词"竟是：你怎么不敲敲边门？推一下也好呀！

……为什么？

小门根本没锁上，不过是关着而已！

绝活儿

○云 梦

王老太是当年随军转的丈夫进入这座城市的。她一辈子没有工作,用如今的说法是"全职太太",不过,倒不是她家富裕,是因当时有四个年幼的儿女。丈夫工资低,在租了几年房子后,只好东挪西凑借了些钱,盖了几间平房安了家。

转眼几十年过去了,儿女们各自成家住进了楼房,老伴儿也已先她而去,她独自住在这个亲手建起的小院里。

独居的王老太并不孤独,她有一手祖传的剪纸绝活儿陪伴她,让她的生活充满了乐趣。买一些各色的纸回来,小剪刀飞快地左转右拐,眨眼间,花鸟走兽鱼虫便可栩栩如生。这么说吧,就是现在那各种她叫不上名的高档小轿车,王老太只需看上一眼,几分钟便可剪出一辆来,那惟妙惟肖的劲儿更甭提了,似乎加上油就能奔驰而去。

早些年,王老太的作品只是送人玩儿。逢年过节,附近人家都有她的剪纸张贴。后来有家艺术品公司相中了她的手艺,与她签了合同,收购她的剪纸。这样,王老太的剪纸开始产生了经济价值。

去年春,这家公司与王老太签订了"红乌龟"的剪纸协议,要她用大红不干胶纸剪成巴掌大的红乌龟,说是贴在一种什么产品上出口欧洲。这对王老太来说是小菜一碟。她去鱼市买回两只乌龟,只观察了两天,就剪出了十几种神态各异的红乌龟,商家看了很满意。

生活·认知·成长 青春励志故事

　　半年下来，王老太凭此赚了两万多元。她倒不是多看重这些钱，重要的是她觉得实现了一把人生价值。

　　这天，王老太午饭后正在剪红乌龟，忽然门铃响了起来。她出去开门一看，是一位文质彬彬的中年男人，声称要买王老太的作品。进屋后，王老太正欲介绍，转身却见中年男人掏出一把刀来，一下放在她的脖子上："把钱拿出来，否则要你老命！"

　　王老太愣了一下，看了中年男人一眼，一声未吭，在刀子威逼下打开了放钱的抽屉。或许她觉得这跟萨达姆斗美国一样，力量不成比例。干脆，破财免灾吧！

　　中年男人揣起钱，又犹豫了一下，把王老太的电话线拽断一大截儿一同装进兜里，便走向了门口。

　　王老太紧走几步送到门口，迅速伸出右手拍了男人后背一下，说："年轻人，你拿这钱做个小买卖吧，别再干这个了！"王老太语重心长。

　　中年男人回头梗了下脖子，一言未发甩门而去。王老太赶紧到邻居家拨打了110……

　　十分钟后，中年男人在大街上被抓，他竟百般抵赖不承认。警察微笑了一下未说话，走上前给他脱下了上衣。中年男人一看傻了眼，只见后背上结结实实地粘了个巴掌大的不干胶红乌龟。

女 贼

○陌上初寒

他

　　这个世界上，有许多人相信他们自己的眼睛，我却觉得他们愚不可及，就好比在他们的眼里，我只是一个十足的街头闲人，而实际上我是一名警察。所以，我只相信自己的感觉。

　　当我在街头第一眼看到她的时候，就知道她是个女贼，尽管她看起来很美丽。

　　那天她穿了一件普通的T恤，旧了的牛仔裤，背了一个大大的包，平平常常的样子，很容易就淹没在涌动的人流中。可是我知道她一定是个贼，凭着警察的直觉，我跟了过去。

　　我们之间隔了五米的距离，就这样不远不近地走着。我有极好的耐心，等着她出手的那一刻，把我藏在夹克下面的手铐套在她纤细洁白的手腕上。我有些莫名的兴奋，很久都没有抓到过贼了，尤其是这样美丽的女贼。是的，她长得很美，我承认，如果她不是一个女贼的话，她确实是我喜欢的类型。比起那些冷艳而不可一世的女人，她的朴素尤其让我怜爱动情。只可惜，她是一个贼。她的脚步轻快，乌黑油亮的长辫子在我眼前荡来荡去，我有些许的眩晕。但是我仍然记得，她是一个贼，我是一名警察。

生活·认知·成长 青春励志故事

她

　　这个世界上，有许多人相信他们自己的眼睛，我却觉得他们愚不可及，就好比在那些穿了制服的警察们的眼里，我只是一个看起来不错的女人，而实际上我是一个贼。所以，我只相信自己的感觉。

　　当我在街头第一眼看到他时，就知道他是名警察，尽管他看起来很像一个痞子。

　　那天，他穿了一件普通的夹克，旧了的牛仔裤，平平常常的样子，很容易就淹没在涌动的人流中。可我知道他一定是名警察，夹克下面藏着闪亮冰冷的手铐。凭着贼的直觉，我知道他注意上了我。这是一个很聪明的家伙，我不得不在心里承认。

　　我们之间隔了五米的距离，他在我的后面不紧不慢地跟着，看来他有极好的耐心，一直没有任何行动。我明白，这次我是真的遇上对手了。他是一个很英俊的男人，能被这样的男人铐住，也是一种幸福吧。我想象着手铐的冰冷刺骨，在心里无声无息地笑了。我下定决心要在他身上偷一样东西。

他

　　那个女贼忽然在人群中停住了脚步，然后转身向我走来。这时，我才发现，我犯了一个致命的错误，五米的距离对于一名跟踪的警察和一个被跟踪的贼来说，实在是太近了。她径直向我走来，我来不及做任何的补救措施，我只觉得自己像个被当场捉住的贼。她的笑容很甜蜜："警察先生，能借你的手铐用一用吗？"她的声音柔情动人，却有着致命的杀伤力。她认出来我是一名警察！我努力控制住自己的情绪，不动声色地问："你想做什么?"她伸出洁白晶莹的手腕:"我想感受一下那种冰凉的感觉。"她微仰着头,很美丽的表情。我的心跳不由自主地加快了:"哦,可是你并没有犯罪。"她很天真地说:"我是一个贼,来,铐住我吧!"这时我却开始怀疑了,也许她真不是一个贼,感觉也会有出错的时候,我的心忽然就晴朗起来。她是我喜欢的类型,也许她真不是一个贼。

她

　　我向他走去的时候,看到他有些慌乱的表情,使我觉得自己像名警察,而他是个贼。我微笑着向他要手铐时,看得出他很吃惊,但显然他很善于控制自己的情绪。我伸出手去的时候,他的脸上掠过一丝惊喜,是的,没有一个贼会傻到自己送上警察的门里去,所以他有理由相信我其实不是个真正的贼。我看到了他眼里的冰块开始融化为春水,鱼儿上钩了!

他

　　我和她坐在幽雅的咖啡厅里,她笑得很甜蜜。
　　她正是我喜欢的那种类型的女孩,而且她确实不是一个贼。

她

　　我和他坐在幽雅的咖啡厅里,我笑得很甜蜜。
　　我确实是一个贼,可是我只偷男人的心。这一次,我又成功了。

生活·认知·成长 青春励志故事

苏父不迁

○王书春

苏克元终于有能力在他最喜欢的花园新城买了160平方米的住房。他不是喜欢奢侈，而是喜欢那里的大树、花草和宁静。春夏秋三季，躺在大阳台的椅子上，边听音乐，边听鸟鸣闻花草香，写作时心情也好极。对于一个不需要天天上班的作家来说，这样的家就是天堂。

妻子也很喜欢。夫妻俩经常在傍晚散步，怡然开心。

7岁的儿子苏朗却不喜欢这个新家。原因很简单，没有玩伴儿。无奈，苏朗缠着父母，让父母陪着他玩这玩那。但他还是不开心，因为父母没有小朋友们好玩。

半年后，苏朗开心了，新搬来的邻居家也有个7岁的小男孩，名叫陈磊。两人第一次玩，就玩得昏天黑地的。

从此，苏朗在学校就抓紧时间做作业，没做完就在回来的路上做。他把作业本放在公交车的座椅上，蹲着写作业。这样刻苦，就是为了回家有时间和陈磊玩。

陈磊家搬来两个月后，苏克元发现儿子变了，好强争胜，随口说骂人话，还爱撒谎，常常贪玩到不完成作业。

本来为儿子有新玩伴儿而高兴的苏克元，突然意识到危险来临了。怎么避免呢？常规的办法有几种：

第一种，搬家，学孟母三迁，找个好邻居。但这样不行，买了这么喜欢的房子，不是说搬家就能搬的。况且，他也舍不得这么好的环境。

第二种，让儿子与陈磊断绝来往。这也不行。两个孩子玩得这么开心，分得开吗？强行分开，不仅邻居要反目，儿子的心灵肯定也会受到伤害。

苏克元整天苦思冥想，终于想出了好办法——教育邻居的孩子。为了儿子的成长，他宁愿舍出一些时间来。他先搞清楚了陈磊和儿子玩耍的心态，设计出一套让两个孩子都愿意接受的游戏。

几天后的傍晚，苏朗和陈磊被苏克元叫到家里："我白天写作，晚上也想休息。这样，我们三人一起玩，好吗？"

苏克元出手不凡，让两个孩子心服口服。三个人玩在一起。

慢慢地，感觉时机成熟了，苏克元就在玩乐中加进了人生教育的内容。两个孩子对那些古代的、外国的故事感兴趣，对那些天上地下的知识感兴趣，对动物植物感兴趣……

两个孩子把苏克元奉若神明。三个人边玩边学习边交流。苏朗的毛病都改掉了，陈磊的毛病也没有了。苏克元也在这个过程中找回了童心。

三人成为朋友一年后，陈磊的父亲——一位大老板，拿着贵重的礼物来拜访。理由非常简单，他的儿子陈磊从小就不爱学习，调皮捣蛋，还惹是生非。自从与苏家来往后，陈磊成了好孩子，考试还得了全班第一。他是商人，从不欠人情，当然要重礼相谢。

苏克元不想接受这个谢意："老兄，你别谢我。我教你儿子学好，是为了我儿子。他俩整天在一起，我不教你儿子学好，我儿子好得了吗？"

生活·认知·成长 青春励志故事

一条被流浪的蛇

○ 徐 威

你还活着。这真是奇迹。

那晚，夜色浓郁。你在那辆蓝色车厢的小货车上，与你众多的同类挤在一起。一个个铁丝网做成的箱子把小货车塞得满满的。你似乎不太高兴，不停地吐着信子。的确，车厢里的空气不太好，换谁都会不高兴。

你闷得快要发疯，小货车却突然摇晃起来，一摇三摆地像个醉汉。正当你警觉地竖起身子，摆出一副战斗姿态时，小货车"砰"的一声，似乎撞上了什么东西。

车厢里有些箱子从上面滚下来了，散落一地。你也从上面掉了下来。挺疼的吧，但你应该很高兴。你一扭一扭地从箱子里出来，溜进了无边的夜色里。

为了庆祝这失而复得的新鲜空气，你像个孩子一样，在草尖上打滚，把自己的身体卷成一个圈。不过，你高兴得太早了点儿。

你只乐呵了半个晚上，天一亮你又被抓了起来。抓你的是两个四十多岁的农民，所用凶器为锄头、扁担。万幸的是，你没受伤。

你被装在一个蛇皮袋里，里面满是尿素刺鼻的味道。此刻，你就像是一张皱巴巴的纸钱，在不同人的手中转来转去。

他们把你卖给了一个野味贩子，然后拿着钱乐滋滋地回去了。你被挂在一辆破旧的摩托车上，路不好走，摇晃得厉害。你似乎有点儿晕车，病恹恹地没一点精神。

挺长的一段时间之后，你进了一家金碧辉煌的酒店。当然，你不能走正门。你从后门直接到了厨房。他们打开袋口小心地瞄了你几眼，又把你放到电子秤上称了称，随后就把你扔到角落里。

好了，现在你身边又安静下来了。你是不是在想，人生真是一场悲剧。说实话，你仰着头思索的样子，还真像个哲学家。

厨房里很闷。你努力往袋口挤，试图用头挤出一条生路。袋口绑得很紧，你折腾了许久，却一无所得。

你累了，耷拉着头，似乎有点儿绝望。我想，要是上帝给你一双手，你现在肯定是在双手合十替自己祈祷。

或许，世界就是这么奇怪，在你最绝望的时候又给你一个意外的惊喜。你一个劲地往袋口挤，却在筋疲力尽的时候才猛然发现，蛇皮袋的下方有一个豆粒大小的裂缝。你欣喜若狂地把裂缝一点一点地撑大。好一会儿之后，你小心翼翼地出来了……

你在水泥地板上行走，感觉不太舒服。你想念你家乡的杂草丛了。你深吸一口气，却怎么也闻不到那熟悉的草木气息。

你蜷缩在一个小区的角落里。你昂着头，不紧不慢地吐着信子。但是，我知道，你有点儿紧张。你的对面是一只雪白的猫。猫很小巧，看起来可爱至极。它看着你，并无敌意，也无惧意。它的眼中透露出一丝丝的好奇。它向你"喵喵"了几句，还坐了下来，一边看你，一边晒太阳。

你们就这么对望着。直到一个扎着辫子的小姑娘到来。小姑娘来找她的猫，只是，她没想到她会见到你。开始，她似乎有些惊慌，尖叫了一声。你的身子顿时紧绷起来了，盘起身子，信子吐得很快很频繁。

不过，你也不知道为什么，你并没有逃走。在这个突然出现的小姑娘的眼睛里，你似乎看到了一种温暖。自从离家以来，你没见到过如此纯净、闪亮又善良的目光。你像是中了邪一样，一直到小姑娘把她爸爸叫过来，你都没有动弹。

后来，你被带走了。当然，这次不能用"抓"这个词了。小姑娘的父亲是野生动物保护所的所长。他把你带到了三百里之外的一个森林保护区。在那，你又闻到了熟悉的清凉的草木气息。

现在，阳光从树枝之间洒下来，纯净而温暖。而你，正盘成一团，悠闲地吐着信子。清风吹过，你突然想到了一个词：流浪。这时，你不禁打了个寒战。

事　故

○张　令

　　现在是晚上十一点多，在更早的时候，老王和他儿子抓住了一个贼。
　　那贼是冲着老王家的肥羊去的，而老王的绳子是冲着那贼的脖子去的。抓贼的过程十分简单，甚至经不起叙述，历时不足两分钟：半夜时分，老王听到羊叫声，便叫醒儿子一块儿去看，结果看到一个贼正把羊使劲儿往羊圈外拉。老王很气愤，拿了一条绳子冲出去。那贼作势要跑，被老王从后面追上去，把绳索套在脖子上。老王的儿子也很配合，他从正面扑上去，将一块臭得可以灭蚊子的抹布塞进那贼的嘴里，然后两人一起将贼捆结实了，吊在院子里的大槐树上。
　　忙完了，儿子喘着粗气问，现在咋办，报警吧？
　　老王沉吟着说，这是大事儿，先去问问你二叔吧。
　　二叔是村里的会计，听到急切的敲门声，骂骂咧咧地起来开门，见是自家大哥，便闭了嘴。老王的儿子简单说了一下事情的前后经过，二叔才打着哈欠睁开眼，说，报警报警，关他娘的十几年，看他还敢偷不！话刚从嘴边溜出来，会计觉得有些不妥，但由于感情太强烈了，没刹住车。话毕，忙补充说，要不，先去问问村主任？
　　三人一起去了村主任家。敲了好一会儿门，村主任才披着衣服出来，将几个人迎进门，坐好。会计递了支烟，村主任也不推辞，接住了。老王忙掏出打火机，打着火递过去。烟燃上了，村主任狠吸了几口，随手弹了弹烟灰，眼皮儿也没舍得抬一下。这段时间里，老王与会计的嘴巴并没有闲着，絮絮叨叨的，总算是将事情跟村主任说清了。

村主任手里的烟抽得差不多了，才翻了下眼皮儿，说了一句"把门关上"。这话儿没写地址，也不知道是说给老王、老王的儿子还是会计听的。老王的儿子想，这里自己最小，关门的事应该他去做，转身要去，却被会计抢了先。关好门后，会计站回原地，听村主任继续说，这件事有些棘手，老王啊，你也快五十的人了，你看清了，那人真是个偷羊贼？

老王说，肯定是贼，我看见他时，他正把羊往外拖呢！

村主任说，你家的羊，不是一只没少吗？你一叫，他不是撒腿就逃吗？你还追上去把人家给逮住，还拿绳子套人家的脖子，还拿抹布塞人家的嘴巴，还把人家吊到槐树上。你还来找村领导告状哩……你这不是多事吗？你大声叫喊"抓贼"，吓吓他，让他逃了，不就什么事也没了？

会计在一边儿琢磨着村主任的话，心里暗叫了一声"坏事了"，皮球似的从椅子上弹了起来，说，我的亲哥咧，主任说得有道理，咱回家把那贼放了吧。

老王的儿子在一边嘟囔，不是说要报警吗？

村主任从鼻孔里哼出一声，说，报警？他又没偷着羊，就算定了罪，也判不了刑，关不了几天，一放人……你也不想想，狗急了还会跳墙呢。真要是将贼惹毛了，别说你家，你二叔家，恐怕咱村都难得安宁了……

会计听出了村主任的意思，主任真正的担心是最后那没有说出来的半句话："我这村主任，怕也干不长了吧？"所以会计接腔说，还不知道那贼是单干还是团伙，搞不好，他的兄弟还在外面埋伏着……我听说有个村抓了一个盗瓜贼，瞎拳乱脚将人打个半死，后来，那村的井被人投了药，全村大半人家都中毒了，还闹出了人命哩……

老王一听，脊梁骨上顿时冒出冷汗来，闷了半天，问了一句，那咋办呢？

村主任说，咋办？你现在人也抓了，你说咋办？

会计在一旁出主意：快啥也别说了，咱赶紧回家把人放了吧。

老王领着儿子准备走。村主任又叫住他，说，你将人家绑了吊树上半天，手脚都已经麻了吧，你以为，你想放人就放人了？

老王一愣，又像木桩一样栽在地上，不敢动弹了。

会计在一边附和着说，是哩是哩，都绑半天了，受了不少苦，你将人放了，说个好话，道个歉吧。

老王无语，想这两个村官儿都这么说，肯定是自己办错事了，心里那个悔啊，悔得肠子都青了：你说就这俩破羊，值几个钱哩，现在闯大祸了吧！

村主任又冷哼了一声，说，你放了人，你的羊还在圈里吧，你就不怕人家改天再来偷，如果偷不着，在你家门外放把火……

会计想想也对，对老王说，不光要放人，要道歉，最好把你家那俩羊也让他牵走，省得人家回头再找你麻烦。

生活·认知·成长青春励志故事

沉默的子弹

○周海亮

那束光一闪,他就知道,生命不再属于自己。

光暗淡,微弱,灰白,转瞬即逝。他正掬一捧水,水送至嘴边,光悄悄划过他的眼睛。他愣住,呆住,僵住,冻住,不敢蹲下,不敢趴下,不敢逃走,甚至,不敢呼吸。他知道那是瞄准镜反射的光芒。狙击步枪的瞄准镜,冷酷并且精确。

他能够想象瞄准镜后面的眼睛。眼睛扣上瞄准镜,他的眉心即刻与十字中心完美地重叠。现在,草丛间隐藏的狙击手随时可以将手指轻轻一勾,让他在瞬间死去。

甚至来不及挣扎,来不及惨叫。甚至来不及颤抖或者抽搐。他似乎看见子弹从草丛里蹿出,冲开稀薄的空气,螺旋状飞行,将他的眉心刺出一个圆圆的小孔。小孔散出淡淡的青烟,一缕金黄的阳光从小孔里灵巧地穿过,然后,照上枪手仍然冷峻的脸。

恐惧排山倒海将他吞噬。他弯着腰,不敢动。

其实他有两个选择:其一,他一个鱼跃,扑向并且抓起旁边的步枪。填满子弹的步枪被扔在两米以外,两米距离,半秒钟足矣。其二,他一个侧翻,滚向并且逃向与步枪相反的方向。那里有一个茂盛的灌木丛,那些灌木或许可以救他。可是他没有动。他权衡很久,终于放弃。他知道不可能成功——他知道草丛里的狙击手绝不会给他任何机会——这样的距离,瞎子也不会射偏。

　　他在丛林里已半个多月。半个多月时间里，他连睡觉都睁着眼睛。每一秒钟他都高度警觉和戒备，头盔压得很低，手指扣紧扳机。他趴在河边的灌木丛里观察很久，直到确信这里就像自家院子一样安全。然后他走出来，卸掉步枪，卸掉干粮，卸掉水壶，卸掉头盔。他需要喝点水，吃点干粮。他需要让他的呼吸变得轻松。他需要让他的心脏正常跳动。他需要将紧绷的神经，放松片刻。

　　于是他成为靶子，成为羊，成为猪，成为死去的士兵。百发百中的步枪近在咫尺，此时却更显多余和滑稽。是的，他仍然是兵，只不过他是死去的兵。暂时还活着的死去的兵。这想法令他绝望和悲伤。

　　他不知道他们对峙了多久。一分钟？一小时？还是一个下午？他弓着身体，捧着两手，如同在向看不见的敌人讨求一片饼干或者一颗子弹。当死亡被无限抻长，当死亡带来的恐惧被无限抻长，就等于经历过很多次死亡。似乎真是这样，一分钟、一小时或者一个下午，年轻的兵在意念里被他的敌人射杀过多次。每一次他都闭了眼睛，每一次他都没有倒下。然而枪手的枪，迟迟没有响起。

　　突然，他很想坐一会儿。终是一死，为什么不能舒服一些呢？为什么不能早一些呢？甚至，为什么不能试试运气呢？他慢慢放下双手，草丛不见动静；他慢慢往旁边挪一步，草丛仍然不见动静；他一点一点蹲下，草丛还是不见动静。坐上石头的那一刻他流出眼泪——滚烫的石头带给他前所未有的舒适感和幸福感。

　　枪手迟迟不肯将他射杀，这说明，或许，枪手根本不想将他射杀或者他根本不值得枪手射杀。然而他仍然不敢拾起步枪。他深知步枪对他意味着什么，对潜伏的枪手意味着什么。他试探着抓起干粮袋，又试探着从干粮袋里拿出饼干。枪没有响。他从小河里掬起一捧水，又试探着将那口水喝下。枪没有响。他笑了。他知道现在只要不去碰枪，他完全可以从容地离开。他向草丛举起两手,向一颗沉默的子弹举起两手。他高举两手退向岸边,又冲草丛做一个滑稽可笑的鬼脸。他再一次看到那束光——只有当瞄准镜轻轻晃动,那束光才会出现——他知道枪手被他逗笑。

他转身,枪没有响。他将粮袋背到身上,枪没有响。他戴上头盔,枪没有响。他一步步接近灌木丛,枪没有响。他将一只脚踏进灌木丛,枪没有响。突然,他认为该给潜伏的狙击手留下一点东西——饼干、罐头、巧克力、烈性酒、钞票……什么都行。枪手放过他,等于救下他。

他毫无戒备地将手伸进怀里。枪响了。

局长心里的猪

○秦德龙

谁都说不清楚，局长为什么喜欢杀猪。每逢周末，局长都要到乡下去，找一头猪杀。乡干部们早就给局长准备好了，绑了一头猪，让局长亲自杀。局长杀猪的时候，精气神儿很足，一刀捅进猪喉咙里，白刀子进去了，红刀子出来了。

看局长杀猪的架势，真是了得。猪被刀子扎了脖子，向外喷着热血，拼命号叫。局长将自己的身子压到猪的身上，任凭猪垂死挣扎。猪号叫着，颤抖着，由强到弱，渐次平息下来。局长直起腰，长出一口气，拉起猪的一只后腿，割开一个小口子，用一根细铁丝捅进去，来回捅，捅遍全身。然后，局长开始吹猪。他握住开口的地方，用力猛吹。乡干部则在一旁帮他敲猪，为的是将气敲顺。猪被吹得滚圆滚圆，局长用细绳子扎紧吹气的口子，命人抬上锅灶，开始煺毛……

看到局长亲自杀猪，杀得这么老练，乡干部们都击节称赞，哗哗哗鼓出热烈的掌声。

局长这么爱杀猪，这么能杀猪，让人感到惊奇。许多人忍不住在心里问：这是为什么呢？局长杀猪的动机是什么呢？

是局长小时侯家穷，吃不起猪肉吗？常言道，没吃过猪肉，也看过猪走呢！局长馋啊，从前的小孩子谁不馋？！现在，局长动手杀猪，是圆了儿时的梦吗？

是局长曾经被猪咬过吗？人被猪咬的事件是经常发生的。据报载，有一头老母猪咬死了一位年过九旬的老人。另据报载，一头重达200公斤的生猪，将屠宰场的一名屠宰工咬死了。惨啊，如果没有深仇大恨，局长能亲自杀猪吗？

是局长的命与猪命相克吗？查查局长的档案，他也不属猪啊。局长的社会关系中，也没人属猪，连姓朱的亲戚都没有啊。可局长却要每周杀一头猪，不杀不足以平私愤。他与猪不共戴天，他是在报复谁呢？

谁是局长心里的猪呢？

想到这里，人人都有自危感了。

有人就给上级打小报告了，要求上级管一管，不能让局长随便杀猪。随便杀猪，和随便杀人差不多嘛，说不准哪一天，有人就要被局长杀掉了。

很快，上级派来了考查组。经过考查，并没发现局长有什么不良爱好。他不上桌打牌赢钱，也不上洗头城泡小姐。局长对人也平和，看不出他在工作中有凶残的一面。虽说他有杀猪的能力，但未必会动手杀人嘛。考查组不相信局长会以身试法，局长不当了，去当杀人犯。

对局长的考查，是在暗中进行的。考查后的结论是：局长是个称职的好同志，应继续在局长的岗位上任职。

但有必要和局长谈谈话了，向他指出杀猪问题，希望他任职一方，要为民所乐，勿为民添忧。

见面会上，局长是这么表白的："我知道，我有心理疾病。有时候，我焦虑、烦躁、想跳楼、想自杀。这都是工作压力所致。所以，我选择了杀猪，释放精神负担。猪，每周都要杀的。因为，老百姓要吃肉。我不杀，有人杀。我杀了，是件好事，我为什么不杀呢？你们知道吧，有一位公众人物，摸索了一套心理保健方法——列表化解法、自寻乐趣法、无损宣泄法、对镜自嘲法。我呢，只有一种方法：杀猪减压法。"

考查组的人大笑："你啊，白天尽量不要躺下来想事情，就会远离悲观了。"

局长笑道："我哪有时间大白天躺着想事情呢？"

考查组的人说："你看你的套房，里间有一张床嘛。还是把床撤掉吧。另外，你房间的天花板高度也不够啊。所以，你处处感到受压抑。你换个天花板高的房间试试，兴许会好一些！"

局长叹口气说："哎，你们跟我到乡下去看看吧，看我怎样杀猪！那才叫痛快呢！不瞒你们说，我每周杀一头猪，至少可以保证工作上不犯错误！这你们别不信。我是怀着疾恶如仇的心理杀猪的，是怀着英勇杀敌的心情杀猪的。杀猪时，我完全进入了一种忘我的境界。杀完了，心里就净了，就没有一丝杂念了。"

考查组的人很认真地说："看来，我们要推广你的杀猪减压法了。不过，你还是要注意，不要因为杀猪，让同志们心里犯嘀咕。同志们害怕你杀猪。"

生活·认知·成长 青春励志故事

捐　款

○王金平

鲁云龙积极响应献爱心活动，准备一次捐款五万元。

鲁云龙被民政局请来了，并允许面见楚局长。楚局长说，虽然你是开饭店的小个体户，却能回报社会，精神可嘉啊！

鲁云龙谦虚地说，没什么！应该的。

鲁云龙问，我能不能见县领导？

楚局长说，我给你联系一下。

随即，楚局长拨通了刘副县长的电话。刘副县长答应了鲁云龙的请求。

在楚局长陪同下，鲁云龙来到刘副县长的办公室。

鲁云龙受到热情接待。

鲁云龙说，我有个小小要求，为我捐款举行一个仪式，最好刘副县长亲自主持。

刘副县长爽快地答应了。

回去后，鲁云龙拐到乡政府，把捐款的事向左乡长作了汇报。听后，左乡长握住鲁云龙的手，激动地说，你是咱大泽乡的骄傲啊！

捐款那天，鲁云龙乘坐左乡长的轿车，由左乡长亲自陪着。

刘副县长没有失言，捐款仪式由他主持，并且安排得很隆重。县电视台记者、报社记者也都来了。

楚局长代表民政局作了发言。

左乡长代表大泽乡作了发言。

鲁云龙披红挂花。

捐款开始。

鲁云龙从包里掏出一沓条子，大声说，这就是我的捐款，一百七十七张条，一共五万一千元。

大家围上来。原来都是大泽乡政府的饭费欠条。

刘副县长瞪大了眼睛。楚局长惊愕不已。左乡长出了一身冷汗。

等大家回过味儿时，鲁云龙已经走了。桌上留下一堆欠条和一朵大红花。

生活·认知·成长青春励志故事

你是谁不重要

○ 安石榴

厉剑开会的时候是从不带手机的，可偏偏这一次忘记放在办公室。副校长正在主持会议，厉剑手机的短信铃声突然轻轻呻吟了一声，声音非常小，但是厉剑感觉十分不妥，马上拿出来摁键消音，却又意外摁在打开键上，一组字就只好摆在厉剑的眼前：左领子卷曲了请整理。厉剑关掉手机，停了几秒钟，不动声色地抬起左手，捋了一遍西服左领子，的确，领子翻起。他向主席台下面扫了一眼，三百二十四名教师，一片年轻的面孔，一律专注的眼神。

回到办公室后，厉剑打开手机，那是个陌生的号码。也似乎不必在意，他便把这件事丢开一边。一位省重点中学的校长，很有定力。

而后，夏天急急地热热地来了，厉剑走在校园浓荫的葡萄架下，手机颤抖了一下。厉剑打开，简短的四个字：节日快乐！他想了一下，笑声就从他的胸腔里喷薄而出，今天是6月1日！他相信，这样每天笑一次，两鬓的白发就黑了。

这一次，厉剑回到办公室把学校的电话号码本拿来核对，却并未发现那个陌生的号码。这并不意外，有的老师使用双卡手机，维护自己的隐私。

但是，很显然，这个信息一下子挑起了他的兴致。厉剑仍然没有刻意地想知道是谁，他觉得那人总有藏不住自己的时候。只是从此以后，他有一点盼着这个号码。

很久之后厉剑收到了一个脑筋急转弯，他兴致勃勃地思考了大半天，听工会主席汇报迎新年事情的时候，他的脑筋突然转明白了，脱口而出："嘿，明白了。"接着大乐，座下的皮椅子吱吱欢叫起来，胖老太太都吃了一惊。

厉剑第一次回复了短信，马上得到"聪明"两个字的奖赏。下午的时候，厉剑又回复了一条：这次人员调整，反应如何？没有回信，一直都没有。他偶尔回味一下自己的短信，有人不认为那是"信任"吗？这么多年还是头一次遇到挫折。过了整整两个星期，寒假开始了，学校里只有留守的几个人陪着他，他收到了硬硬的几个字：只赚教书育人的薪水。

厉剑反复地琢磨这几个字，竟然大为震动。作为一个组织系统的头号领导人，他的触角无处不在，他的信息网二十四小时畅通无阻，他依赖它们，但是内心深处很不屑，现在年轻的知识分子为什么那么容易……怎么说呢？那么容易出卖自己的灵魂。

但，这一个是另类。

厉剑这一天过得极为激荡，仿佛青春的活力重生，最后把自己都感动了，眼睛湿润润的。从这一刻起，他想知道那个人是谁，想知道那个人是男人还是女人。

他按着自己的方式设计起承转合，但那是不顶用的。厉剑学术研究一般进行筛选，政客一样试探周旋，而那个神秘的人没有出现。

厉剑并不显得沮丧，但是，他自己知道他内心深处是多么焦躁，焦躁到孤独和寂寞的绝境。那个已经不是陌生的号码与他不即不离，时而给他爆发般的快乐和深刻的慰藉，时而是悠长的烦恼。

校园里的玫瑰花、月季花、小桃红、丁香全开了，各种香味摇曳着周而复始的青春的欢愉，厉剑感觉到了那个征兆，手机信息的铃声骤然响起：你不是一直想知道我是谁吗？谜底即将揭晓，五分钟之后敲响你的房门。

几分钟后，走廊响起高跟鞋嘟嘟的声音，厉剑觉得一下一下都敲打在他的心上，他觉得这很浪漫。可是浪漫的东西却总有失于庄重的嫌疑，厉剑突然就落寞了，他到底真的希望这个结果吗？但是房门被敲响。

一个老套的故事，一个挣不脱凡俗的人。厉剑这样悲哀地想着，并没有抬头，低低的声音："请进。"

门开了，工会主席胖太的身体阴云一般弥漫开来，她手里抓着一把大大小小的人民币票子，大声说："收会费啦！"

厉剑怔了一下，便发出不加遏制的大笑，任凭胖老太太傻傻地发呆。

厉剑一边笑着一边去看桌子上的台历：庚寅年四月一日。

圣诞夜

○郑兢业

因赶写篇东西，熬得天昏地暗，我已有三四天没有出门，没正儿八经吃顿饭了。今晚，我打算款待一下自己，买点下酒菜喝二两。顶着削耳割鼻的冷风，一路小跑，到附近的肯德基炸鸡店买了一份炸鸡。当我提着炸鸡转过身时，一双肮脏龟裂的手向我伸过来。

我认识这个乞丐，他时常在我家附近的这一带转悠。我晚上出来散步，偶尔还看见他栖身在立交桥下的避风处。我有点反感、有点蔑视这个乞丐。我认为一个不老不嫩，俩胳膊齐全，俩腿健在，不憨不傻，凭自己的辛勤劳动不难养活自己的人，实在不该加塞到行乞的队伍中，去争那些不以此谋生就难以活下去的人们的饭碗。

说实话，如果向我伸手的是一个残疾人、老人或幼童，我是不大会冷冷拒绝他的。虽然我不敢说自己有多善良，但一个正常人应有怜悯之心，我并不特别欠缺。更让我生气的是，这个乞丐今天特别执著，他不仅伸着手撵了我好远，揪我的衣襟，竟还跑到我前头，伸开双手，拦截我两次。惹得路人驻足窃笑，把我陷于吝啬冷血、被责难遭讥笑的境地。这就愈发加深了我的厌恶之情。

弄到这份上，我本来可以让我俩都有个台阶下的，掏出个零钱或给他两块炸鸡，他的执著终有所获，我的决绝也终有所消解。但他那不达目的不杀戏的无赖黏糊劲，激发了我的犟筋头。我前世不争你，今世不欠你，

生活·认知·成长青春励志故事

施舍是件令人愉快的事,被迫为之,岂不变了味?你就是撵我到天边,我也一毛不拔。

回家打开电视,对影把盏,一口浓烈的二锅头从嘴唇火到肠胃。那讨厌乞丐留给我的不愉快随之云去烟消。炸鸡味道不错,电视屏幕上新闻女主播今天格外天香国色。然而,她金口一开:"各位观众,今天是圣诞节,祝各位观众圣诞快乐!"

她这么一祝福,在我身上产生的效果恰恰相反,我那点刚成气候的快乐,立马消失了。

我燃上一支烟,眼前和脑子里都起了烟雾。今天是圣诞节?怎么今天就圣诞节了呢?圣诞节,那可是繁华的梦树果实累累的日子啊!连上苍都派圣诞老人给人间送福遗爱,我怎么恰恰在这个神圣而温馨的日子,拒绝了一个乞丐呢?不管那乞丐的乞法是否欠妥,自己毕竟亵渎了这个人世间最神圣的节日。我在深深的愧疚中闷坐良久,再次端起酒杯。然而,酒到嘴里,已不是刚才那浓烈的醇香,而是火辣辣的苦涩。身下的沙发也像是化作了针毡。

圣诞夜把我放逐了。

补救吧,赎过吧。我穿上外衣,顶着寒风,急急走出家门。边走边打着腹稿:如果那乞丐还在炸鸡店门口做着皮焦肉嫩、又香又肥的好梦,我不只让他满足,还要给他一份意外的惊喜,让他久久难忘圣诞夜的好运。如果他不在那里,我一定要找到他,把他请到小饭店里吃点热饭热菜。

然而,炸鸡店门前没有乞丐的影子,我又沿着他经常游荡的街巷寻找,转遍三条小街,仍然没见他的影子。我站在一家宾馆门前的圣诞树下推想:莫不是他已猫到"家"歇下了?可是,寻遍立交桥下的所有避风处,我找到的是越来越沉重的失望。尽管我肚子很饿了,身上一阵冷似一阵,就这么回家又不心甘。再找找吧,即便找不到要找的人,或许会找到一个赎过的机会。我像寻宝一样,寻找着适合于把我从灵魂的流放地搭救回圣诞夜的人。

　　我在街灯的迎送下转悠着，寻觅着。到十点一刻，在火车站附近，我终于看到一个脏兮兮的流浪儿。他站在糕点铺的橱窗前，对着各色美食流口水呢！我暗自庆幸，这个流浪儿的出现，是圣诞老人派来救赎我的使者，我万不能错失这个机会。

　　我快步走近孤伶瘦小的孩子，以十二分亲切的口气问他：小兄弟，你吃过晚饭了吗？他对我狐疑地摇摇头。我高兴地拍拍他的肩膀说：你没吃晚饭，那真是太好了！大哥请你下馆子吃羊肉烩面好吗？你知道吗？今天是圣诞节，圣诞节不应该有空着肚子的人。

　　听罢我这番美意，流浪儿的脸上，由狐疑变得惊恐。他提起编织袋拔腿欲走，我哪肯放过如此难得的机会。我牢牢地抓住他的胳膊，指指马路对面仍在营业的饭店。我咋也想不到他会如此反应，他尖声高叫："我要喊警察啦！你准是人贩子，想往饭里下蒙汗药，这种事我听多了！我刚才还碰到俩挎着枪的警察！你放开我！"

　　乘着我惊得一愣怔，他拼力挣脱，丢下编织袋里的全部家当，惶惶逃向夜幕……

生活·认知·成长青春励志故事

王贵养鸡

○茨 园

　　王贵原本是喜欢坐在树下晒着太阳打盹的，但今年冬天有些冷，百无聊赖间，王贵喜欢上了自家养的一只小母鸡。那天，他在地上撒了几粒白花花的大米，然后若无其事地搬了个小板凳坐在边上，微闭双目，做瞌睡状。

　　那只正处在花样年华的小母鸡试试摸摸来到王贵身边，鸡眼瞟啊瞟啊地看了一会儿，便咕咕叫着，有调戏的企图。不过，见王贵不为所动，便贪婪而幸福地啄起了白花花的米。小母鸡得意忘形间，王贵一把捉住了它。小母鸡嘎嘎叫着、挣扎着，正以为王贵对它有比如宰杀、蹂躏之类不良企图时，王贵却把它温柔地抱在怀里，另只手捏起数粒白花花的米，放在它嘴边，温柔地说："来，吃。"王贵话语简洁，但小母鸡听不懂，不吃，只是挣扎、嘎嘎地叫。

　　相持一支烟工夫，王贵把小母鸡摁倒在地，然后把米粒儿撒在它面前的地上。小母鸡又挣扎、嘎叫了一会儿，见王贵仍不放手，便渐生了自暴自弃的情绪，就像某些刚烈之人已知在劫难逃之后，必然会以大义凛然的举动喊一嗓子"爷爷二十年后又是条好汉"，性急些的会喊"十八年后"那样，小母鸡也只有心道"妈的，反正大不了一死"，很愉快地啄食起了米粒儿。那状况，好似在说："姑奶奶仨月后又是只小母鸡！"

　　小母鸡吃完了，王贵松了手。王贵松了手，小母鸡却忘了跑离危险境地，愣愣地站在那儿，也不知是否在想：这人啥意思？

鸡的心眼儿毕竟是不能和人相比的，所以，小母鸡想了好长时间都没想出所以然，于是，过了一夜，便很是豁达地啥事儿都忘了。

第二天，小母鸡一眼就看见地上有几粒白花花的米，正自吃得欢时，又被王贵一把摁倒在地，然后又是一把白花花的米。小母鸡被王贵按此流程一连操作了数日，渐渐彻悟了一个道理：弄不好，这是高雅的养鸡方法呢。有了这样深层次的理解，小母鸡就觉得如果自己积极主动一些，定能营造出人鸡和谐之景象。于是，它一看见王贵，就毫不犹豫地趴在地上。果然，一趴下，就会有一把白花花的大米供其食用。

如此月余，忽一日，小母鸡刚趴下，竟又被王贵一把抱住，然后，猛一抬手，将其像鸽子放飞状掷向屋顶。这一下，小母鸡又百思不得其解了。站在屋顶，摇头晃脑向下一看，只见王贵这时才将一把白花花的米撒在地上。仅凭鸡眼目测，嚯，这把米，比前时足足多了五粒。所以，小母鸡很愉快地像鸽子一样飞将下来，但正欲啄食时，王贵却一把把它摁在地上。

小母鸡如此被王贵操作了三日，便又深悟了一个道理：趴下，飞起，再趴下，食米。

过了些日子，城里来了俩扛摄像机的，把小母鸡"趴下，飞起，再趴下，食米"的整个过程拍摄了下来，然后在电视里播放了。

一只鸡能有如此境界，自然要成为城里人议论的话题。有一科学家在国家级公开刊物上发表文章说：鸡的生活本身是单调的，但这只鸡的生活却充满乐趣，它不仅娱人，更娱己。趴下，飞起，这看似简单的动作，对于一只鸡来说，首先显示的是它有着超乎寻常的聪明智慧。其次是践行了饲养科学，饲养科学是什么？饲养科学就是改变鸡生活的原动力，使一只鸡不仅固有食用性，还增强了观赏性和鸡一生的价值再实现，为鸡饲养的健康发展提供了很好的借鉴经验。再次，鸡的一生本身是碌碌无为的，但这趴下，飞起，恰恰证明了鸡也是可以大有作为的，因此人们都应该相信：鸡，也是不愿意行尸走肉地活着。

小母鸡出名了，每天来拍照、采访、观赏的人很多。渐渐地，它也就麻木地一任来人把它按在地上，然后，飞起，然后，趴下，然后，食米。

有一天，城里的一个人给了王贵厚厚一沓钞票，小母鸡就进了城。

当天，有一拨记者来采访时知道了，就问王贵："好不容易培养出一只天才鸡，你为啥舍得卖了它？""首先，我救了这只鸡一条命。"王贵说。记者一想，也是，如此有才华的鸡，自然不会再做快餐美味。

"你为啥舍得卖了它？"有一个记者追问。"这个很简单，要不了多久，我还可以再培训出一只这样的鸡，而且，我相信下只鸡会比这只鸡做得更好，更让人喜欢！"王贵充满信心地展望着未来。"可是，你为啥要这么做呢？"记者又问。"如果有人老是在你面前脱裤子放屁，你觉得这人奇怪吗？"王贵反问。"这……"记者一愣，但见王贵一脸认真，也就仔细想了想，说："肯定奇怪。""这就对了。"王贵说，"一只鸡本来没什么好奇怪的，可当它每次都为了吃米而艰辛、复杂一番时，它就会让人奇怪。"

记者似懂非懂地瞪大了眼睛。

"一个人，或者一只鸡让其他人、其他鸡感到奇怪时，肯定会出名的。人嘛，都是有好奇心的。所以，无论你想让人还是想让鸡成名，你可了劲儿让他有所与众不同就是了。"

威 风

○相裕亭

东家做盐的生意。

东家不问盐的事。

十里盐场，上百顷白花花的盐滩，全都是他的大管家陈三和他的三姨太掌管着。

东家好赌，常到几十里外的镇上去赌。那里，有赌局，有戏院，还有东家常年买断的三间沿河临街的青砖灰瓦的客房。赶上雨雪天，或东家不想回来时，就在那儿住下。

平日里，东家回来在三姨太房里过夜时，次日早晨大都日上三竿才起床。那时间，伙计们早就下盐场去了，三姨太陪他吃早饭，说几件她认为该说的事给东家听听。东家也不知是听到了，还是压根儿就没往耳朵里去，大都不言不语地搁下碗筷，剔着牙，走到小院的花草间转转。高兴了，就告诉家里人哪棵花草该浇水了；不高兴时，冷着脸，就奔大门口等候他的马车去了。

马车是送东家去镇上的。

每天，东家都在那"哗啦、哗啦"的响铃中，似睡非睡地歪在马车上，不知不觉地走出盐区，奔向去镇上的大道。

早则三更，迟则天明，才能听到东家回来的马铃声。有时，一去三五天，都不见东家的马车回来。

所以，很多新来的伙计，常常是正月十六上工，一直到青苗掩了地垄，甚至到后秋收盐了，都未必能见上东家一面。

东家有事，枕边说给三姨太，三姨太再去吩咐陈三。

陈三呢，每隔十天半月，总要想法子跟东家见上一面，说些东家爱听的进项什么的。说得东家高兴了，东家就会让三姨太备几样小菜，让陈三陪他喝上两盅。

这一年，秋季收盐的时候，陈三因为忙于各地盐商的周旋，大半月没来见东家。东家便在一天深夜归来时，问三姨太："这一阵，怎么没见陈三？"

三姨太说："哟，今年的盐丰收了，还没来得及对你讲。"

三姨太说，今年春夏时雨水少，盐区喜获丰收了。各地的盐商蜂拥而至，陈三整天忙得焦头烂额。

三姨太还告诉东家，说当地盐农们送盐的车辆，每天都排到二三里地以外去了。东家没有吱声。但，第二天东家在去镇上的途中，突发奇想，让马夫带他到盐区去看看。

刚开始，马夫以为自己听错了，随后追问了东家一句："老爷，你是说去盐区看看？"东家没再吱声，马夫就知道东家真是要去盐区。东家那人不说废话，他不吱声，就说明他已经说过了，不再重复。

当下，马夫就掉转车头，带东家奔盐区去了。

可马车进盐区没多远，就被送盐的车辆堵在外头了。

东家走下马车，眯着眼睛望了望前后送盐的车队，拈着几根有数的山羊胡子，挂着手中小巧、别致的拐杖，独自奔向前头收盐、卖盐的场区去了。

一路上，那些送盐的盐农们，没有一个跟东家打招呼的——都不认识他。

快到盐场时，听见里面闹哄哄地呼喊——

"陈老爷！"

"陈大管家！"

东家知道，这是呼喊陈三的。

近了，再看那些穿长袍、戴礼帽的外地盐商，全都围着陈三递洋烟、上火。就连左右两个为陈三捧茶壶、摇纸扇的伙计，也都跟着沾光了，个个叼着盐商们递给的洋烟，人模狗样地吐着烟雾。

东家走近了，仍没有一个人理睬他。

被冷落在一旁的东家，心里很不是滋味，他在那帮闹哄哄的人群后面，好不容易找了个板凳坐下。看陈三还没有看到他，就拿手中的拐杖从人缝里，轻戳了陈三的后背一下。

陈三一愣！还没有弄清身后的这位小老头到底是不是他的东家，东家已把脸别在一旁，轻唤了一声："陈三！"

陈三立马儿辨出是他的东家，忙说："老爷，你怎么来了？"

东家没看陈三，只用手中的拐杖，指了指他脚上的靴子，不温不火地说："看看我靴子里，什么东西硌脚！"

陈三忙跪在东家脚前，给东家脱靴子。

在场的人谁都不明白，刚才那个威风凛凛的陈大管家、陈老爷，怎么一见到眼前这个骨瘦如柴的小老头，就跪下给他掏靴子？

可陈三是那样的虔诚，他把东家的靴子脱下来，几乎是贴到自己的脸上了，还没有看到里面有何硬物，就掉过来再三抖，见没有硬物滚出来，随后把手伸进靴子里头抠……确实找不到硬物，就跟东家说："老爷，什么都没有哇！"

"嗯——"东家的声音拖得长长的，显然是不高兴了。

东家说："不对吧！你再仔细找找。"

说话间，东家顺手从头上捋下一根花白的发丝，猛弹进靴子里，指给陈三："你看看这是什么？"

陈三捏起东家那根头发，好半天没敢抬头看东家。东家却蹬上靴子，看都没看陈三一眼，起身走了。

生活·认知·成长 青春励志故事

卧 底

○陈 然

我和杜凌很快接上了头。

一个月前,他给我打电话。他说他早就想管管他妹妹的事,现在大学毕了业,终于可以管管了。

我问他妹妹怎么啦。他说,还能怎么的,她被人骗到××市搞传销去了,前不久,她不但把堂哥堂弟骗去了,还想骗我去。传销早被国家禁止了,我妹妹怎么就那么糊涂呢,你们一定要帮帮我啊!

我向主任作了汇报,主任说,这是条好线索,要好好利用,我们不如将计就计,叫那个小伙子带两千块钱先假装同意参加他们的传销,然后你再打入传销组织内部跟他接头,掌握充分的素材,写一篇大稿。

我答应了。我可没少看人家在电影里卧底,很惊险很刺激的。我把我们主任的计划告诉了杜凌,他也很兴奋,但是他家在农村,一下子拿不出那么多钱,主任便叫我到财务先预支一下,把它作为采访经费的一部分。

杜凌刚去的时候,有好几天我和他失去了联系。手机打不通。我担心他出事。正忐忑不安,收到了他发来的短信,说他已成功打入传销组织内部,并找到了妹妹,刚去时他待的地方手机没有信号,所以一直没能跟我联系。我这才放下心来,叫他不要急着带妹妹离开,多了解些情况,待时机成熟,我马上去跟他会合。

又过了几天,他说,你现在可以过来了,要快点啊。

我忙带了录音笔和微型摄像机之类的东西，前去跟他接头。为了取得第一手资料，我也装成去入伙的样子。杜凌和一个陌生人到车站接我。他们带我穿过许多七拐八弯的巷子，终于在一排密集而低矮的房子前停下来。每人吃了一袋方便面。杜凌说，你休息一下，等会儿我带你去交钱，晚上要上课。

晚上，我们来到了一个大厅里。不出所料，那里早已黑压压地挤满了人。我朝灯光强烈的地方望去，看到了一个台子，有人在灯影里走动。过了一会儿，有一个人上了台，拿着话筒开始说话。杜凌悄悄说道，那个人是老板。

下面闹哄哄的场面很快安静了下来。老板的声音富于磁性，很诱人，全场的寂静有如医生把针头扎进孩子臀部的刹那，但孩子很快就响亮地大哭了起来。大家纷纷站起来，捋起袖管跃跃欲试。我看到，杜凌也装作很投入的样子在欢呼。

面对群情激昂的场面，老板在台上双手挥动，再挥动。他的手一会儿往下压，一会儿在空中划了一个弧，一会儿像鸟的翅膀那样尽情地张开，仿佛他在大家面前展开了一幅壮丽画卷。大家争先恐后，上前去小心翼翼地按住画卷的一角，想把它拉得离自己更近些，自己手里握住的更多一些。大家紧攥着拳头，眼睛里放射出异样的光芒。但老板却忽然把画卷收了起来。全场再次一片寂静。老板忽然从台上失踪了。大家很着急，高声喊道：老板出来！老板出来！这时，一个自称是老板助手的人跑到台前，对人家说，王侯将相宁有种乎？老板也不是天生的，他故意离开一会儿，是想让我们知道，每个人都是可以做老板的！接着，前几排的人纷纷走上台去演讲，有男有女。后面不断有人往前面挤。我问杜凌，你妹妹在哪里？他说，你看，她也在台上喊。

台上有好几个男女在疯狂地扭动呐喊，我不知道哪个是他妹妹。

此后一连几天，我和其他几个新来的人一起被人带着去"上课"。我被重新安排了睡觉的地方。十几个人挤在一块儿，地面潮湿，臭味难闻，只有交了钱买了产品的人才可以住好一点的地方。我想在这里再蹲几晚，多调查些东西。杜凌来过我这里几次，他叫我小心，说每一个寝室里都有上面安排的人在监视，防止新来的人捣乱或外出。

在这里，没有电视，没有报纸，甚至没有手机信号。我发现，传销的性质类似于某种邪教，除了吃饭睡觉，大家都是被强制性地听课。时间长了，人就会变得麻木，相信那是真的。也就是说，加入传销组织，首先要被他们洗脑。不，他们？他们是谁？他们也是被洗了脑的。那么到底谁是真正的洗脑者？

又过了几天，我觉得任务完成得差不多了。微型摄像机和录音笔里都装得满满的，我可以满载而归了。我问杜凌，是不是已经说服他妹妹还有其他几个亲戚了？他说，他妹妹已经是他们的一个小头目了，怎么也不肯跟他回去。他又说，你知不知道，如果不是我妹妹，我根本不能出来见你。我说，那你就跟我走吧。谁知他想了想，忽然说，他不打算回去了，回去还要找工作，倒不如在这里干。

我很惊讶，要他一定跟我回去。

他看着我，怪怪地笑了起来，说，你大概还不知道，你已经是我的下线了。

当天晚上，我便遭到了暗算。在一条臭水沟旁醒来的时候，我急忙找自己的东西，发现它们已经不翼而飞。

徐口技

○ 张国平

那年，徐季去美国出差，娄大胖得知消息迅速取得联系，约他来奥兰多，客串杂技表演。

徐季是国内著名口技大师，技艺精妙绝伦，世上万物之音皆可模仿，而且惟妙惟肖，可以假乱真。

传说，那天徐季到公园晨练，模仿画眉鸣叫，引起一场骚乱。不远处是爱鸟者聚集场所，徐季这边啾啾模仿鸟鸣，那边笼中竟百鸟骚动，头撞鸟笼鲜血淋淋。原来徐季模仿的是雌鸟鸣叫，雌鸟怀春之音诱得雄鸟春情荡漾。徐季口中之鸟鸣竟还有雌雄之分，而且可以引诱真鸟动情，功夫了得。

迪士尼乐园中国杂技馆的杂技表演已有几年，深得美国朋友欢迎，身为团长的娄大胖倍感欣慰。说是中国杂技团，其实是以小城杂技人马为班底的，能在异国他乡站稳脚跟，付出的心血，尝尽的酸甜，娄大胖自有体会。

徐季若能来临场献技，表演自然会锦上添花。

娄大胖费了很多口舌，并亲自去接，徐季欣然而来。

徐季的口技表演被娄大胖安排为压轴大戏，并特印了海报，特别介绍。

几年打拼娄大胖他们的杂技表演已有一片天地，又有好手加盟，杂技大厅爆满。

　　徐季不负众望，赢得满堂喝彩。徐季两次退场，又被经久不息的掌声请出来。

　　徐季不愧闯荡江湖老手，很会迎合观众心理。鸳鸯戏水，鹊闹枝头，鹦鹉学舌，鸡鸣羊咩，无不真假难辨，如临其境。田园风情，回归自然，让人耳目一新。

　　徐季说，美国牛仔全球闻名，你们知道公牛是怎么叫，母牛又是怎么叫的吗？

　　徐季便分别表演公牛、母牛不同的叫声，仔细品味，还真是这么回事。

　　当然这只是正常的牛叫。徐季说，听说欧美地区正在闹疯牛病，知道病牛临近死亡的那一刻是怎么叫的吗？

　　徐季便学病牛叫，其声之哀，其喘之微，令人心寒。

　　徐季问观众，你们知道奋进号如何升天的吗？

　　徐季便模仿火箭发射的声音。刺耳，震撼，仿佛眼前一枚火箭正冒着白烟，携带奋进号直冲云霄。

　　徐季再问，你们知道你们的F16战斗机在海湾战争中是如何起航的吗？

　　徐季口对话筒，手指天空，一声长鸣拔地而起，机声尖锐，绕厅回荡，观众不禁抬头观望，仿佛飞机就在头顶。

　　徐季的表演非常成功，台下掌声雷动。

　　娄大胖为表感谢，表演结束后专门宴请。出门碰到了洛瑞，娄大胖用非标准的英语问，洛瑞警官值班吗？没去看演出？今天的节目非常精彩，错过了实在可惜。

　　洛瑞是这一带的值勤警官，娄大胖常常跟他开玩笑。

　　洛瑞问，听说来了个口技大师？

娄大胖便介绍身旁的徐季说，这位就是徐先生。

洛瑞也不客气，便说，能否让徐先生免费为我表演一下？

娄大胖便将洛瑞的请求翻译给徐季，徐季爽快地答应了。徐季说，你是警察，就模仿一下射击的声音吧。

On，on。洛瑞听后摇头说，不是这样的，口技只是口技，到底是骗人的把戏，代替不了真的。

娄大胖没想到洛瑞会这么直白，面有难色，但还是很客气地说，因为不是剧场，缺乏扩音效果，不然一定很逼真，甚至比真的还真。

娄大胖想以玩笑的方式消解面对的尴尬，不想洛瑞很认真地说，你们中国人就善于模仿，而缺乏创造、创新，你们有多少东西是自己的？你们的汽车、飞机、网络，哪一个不是模仿别人的？

洛瑞平时很友好的一个人，今天不知怎么了，情绪烦躁，出口伤人。

如果不是徐季在场，娄大胖真想跟他辩论一番。虽然看出不是很友好，但徐季英语几乎听不懂，碍于徐季的面子，娄大胖只好嘻哈乐一阵，领徐季走了。

席间，徐季问洛瑞说了些什么，娄大胖说那家伙估计喝酒了，说了些胡言乱语。

娄大胖明显说漏了嘴，徐季问，在美国值班警察允许喝酒？

娄大胖连忙转换话题，事情就算过去了。徐季马上要回国，娄大胖不想让人扫兴。

第二天送徐季去机场，出门不远被人拦了车。一看又是洛瑞。娄大胖问怎么了，洛瑞说前面发生了案件，劫持人质，警察已与劫匪对峙了很久。

洛瑞瞅了瞅车里的徐季，惊叫，有了！

洛瑞一把拉出徐季，便朝那边跑。奔跑中洛瑞断断续续讲了事情的大概。一位黑人罪犯被当场击毙，他的儿子认为老爸死得冤枉，所以劫持人

生活·认知·成长 青春励志故事

质讨要说法。人质是美国娱乐圈明星，奥兰多魔术队的球迷，那天来看比赛不幸遭人劫持。

娄大胖跑过来时，洛瑞正向上司说着什么。娄大胖听明白了，他是想让徐季模仿那位黑人的声音，骗取劫犯的信任，趁其不备将其抓获。

娄大胖很气愤，问，你不是说口技只是雕虫小技吗？

洛瑞面有难色，道歉说，那位人质是大腕，伤了人质美国警察是要出丑的。

洛瑞找了一盘黑人生前的录音，让徐季模仿。可是徐季不懂英语，难度极大。但是黑人沙哑的声音，徐季倒是模仿得逼真。

洛瑞说了一阵话，让徐季模仿，而且要用黑人的声音。徐季虽不懂英语，但反复试了几遍，还真的很像。

徐季躲在车身后面模仿着说，我还没死，他们正在调查，是否有罪是以后的事，你千万别犯傻。

劫匪听到父亲的声音一愣，即刻就被埋伏的警察按倒了。

服了。洛瑞对徐季竖起大拇指，中国，很棒！

羊脸儿

○许　锋

人脸儿好认。千人千面，都不一样。

人会笑，笑起来千姿百态，意味儿也不一样。会哭，哭起来形状各异，传递的信息也不一样。有时记住一个人，一眼就够。两眼，几个照面，像模子似的印在脑子里。

人可能吃错了药，或者进化得过头了，一夜之间，都变成了羊脸。

人对羊的印象不错，老实，性子绵，浑身都是宝。肉吃着有点骚腥，膻味浓。但常吃就习惯了。在俺家乡兰州，一人一顿能吃三斤手抓羊肉。羊这么好，只吃草。所谓"茅檐低小，溪上青青草"，大概是羊最期待的生活。

但羊不会笑。奸笑、淫笑、傻笑、憨笑，都不会。羊脸上的肉堆积不到一起，眼睛也眯不成一条缝。羊的眼睛似乎只会两个动作，睁着，闭上。单调，无趣。羊也不会哭。哭也有很多种，假哭、伤心地哭、撕心裂肺地哭、嗔怒地哭、娇滴滴地哭，哭自己的老娘，哭别人的姥姥，对着组织哭、上级哭、下级哭、法官哭、警察哭、百姓哭。复杂得很。羊一种也不会，羊那智商，想学也没门儿。按理说，羊与人的关系这么亲，在潜移默化当中，一定学会了人的很多做派，可惜，羊还是羊，人还是人。人吃羊。

既变了羊脸，人脸的优势就消失殆尽，荡然无存。不会笑，不会哭。不会传递丰富的感情。每张脸都差不多，有的毛多，有的毛少。有的脸大，有的脸小。有的双眼皮，有的单眼皮。有的有胡子，有的没胡子。有的胡子长，有的胡子短。有的角长，有的角短。单靠这些先天的差别来区分谁和谁，难度极大。

都知道自己是谁，各干各的事儿，工作都没耽误。

一离开岗位，摘了工作牌，全是羊脸，不好认。

一张脸犹豫了一下，走进领导办公室。领导问啥事？一张脸说，领导晚上在家不？我想给你送钱。领导脸色陡然就变了，赶紧起身跑过去掩上门，回身打量着一张脸，你是谁？为什么要给我送钱？一张脸说，到你家再告诉你。领导说，你送钱的目的是什么？一张脸说，听说领导都不记得谁送了钱，但对没送钱的人记得特清楚，我要是不送，领导就会给我穿小鞋。领导勃然大怒，你给我滚出去。一张脸说，滚就滚，但我警告你，你要给没送钱的穿小鞋，我告你去！

城市热闹，路上，"前者呼，后者应，伛偻提携，往来而不绝者，滁人游也"——欧阳修描述的场景真是其乐融融。但突然间，一耄耋老者体力不支，摔倒并后脑勺着地，危在旦夕。几张脸飞速地冲上去，互相帮忙把老人背到附近的医院急救。老人终于得救。老人见几张脸都在，问，我老眼昏花，也记不住你们的样子，留下姓名和联系方式，让我儿子登门道谢。几张脸连连摆手，不怕别的，就怕您惦记。您安心养病，您儿子正在赶过来，我们先溜了。

世上没有了笑声，但也没有了哭声。没有人再说假话，人们把编造假话的时间用来说真话。真话起初非常难听，硬邦邦的，带着刺儿，有时如匕首一般锋利。举凡羊脸之处，没有半句假话，久而久之，人丧失了说假话的能力。

再也不用伪装。人就很担心如果有一天返祖，羊脸都不见了，都换成人脸了，该怎样生活。

跟坐监狱差不多。几张脸喝着啤酒，诚恳地说。

针线活

○ 韦如辉

　　院子不大不小，清一色的红砖铺地。有太阳的日子，奶奶将院子收拾得十分利索。那些调皮捣蛋不知好歹的鸡鸭鹅狗们，都被奶奶轰出去关在门外了。

　　奶奶戴一副缺了腿的眼镜，开始做针线活。奶奶的眼镜片在阳光下熠熠生辉，认针的技术却一年不如一年。尽管奶奶冲着太阳的方向，眼睛迷成一条缝，将线头在指间捻了又捻，可是奶奶手中的线头就是钻不过针眼。

　　奶奶风清气爽地喊我，丫头，过来哟。

　　我故意将头埋藏到书本里，直到奶奶长长地歇一口气，将过来帮个忙这句话说完，我才装模作样云一样飘过去。

　　奶奶的针并不难认，我往往一次中的。奶奶从眼镜上面溜出来的目光瞟着我。丫头，教你做针线活吧。我撅嘴跺脚说，不！就不！

　　娘闻声从厨房里颠出来，厉声训斥，不懂事！怎么跟奶奶那样说话！娘从来不敢跟奶奶高声说话。在娘眼里，奶奶不仅是亲人，而且是师长。

　　娘的针线活就是奶奶手把手带上路的。

　　那一年，爹把娘从山东偷领回家。奶奶盯过娘的脸、胸、腰、腿一直到脚，最后回头盯在娘的一双小手上。奶奶问，会做针线活？娘摇摇头。

　　夜里，奶奶从娘屋里叫出来爹，毫不留情地把爹骂个狗血喷头。不长眼的东西！不会针线活，能拖家带口？不会针线活，能养儿育女？

娘小心翼翼地侍候着奶奶。通过一年多的亲情感化，奶奶才答应收她为徒，教她做针线活。

奶奶的针线活做得地道，每逢谁家的闺女出门子，奶奶会被人家请过去。一来帮闺女做件上轿子的衣服，二来指点一下闺女的针线手艺。那时奶奶的眼睛笑眯眯的，教起闺女针线活来头头是道有板有眼。人家过意不去，临走送些糖果饼干之类的吃食，奶奶坚决不授。奶奶回头跟娘说，穷点没啥，别让人家瞧不起。

奶奶已经不止数次要教我做针线活，每次我都恶语加白眼。奶奶不生气，仍然会笑，跟弥勒佛似的。

我一心掉进书堆里。在那个闷热的夏天，我终于考上了大学。

奶奶高兴，做了半个暑假的针线活。奶奶做鞋，做褂子，做裤子。临上车，奶奶将一网兜的绝活塞给我。可是我一件没穿，这些土里土气的东西，怎么能在时尚飞扬的大学校园里穿？

奶奶照旧做自己的针线活，仿佛她有做不完的针线活。娘看着磕头打盹的她心疼不已。娘说，谁家现在还做针线活？谁还穿手工做的活？

奶奶依然做着针线活。尤其是无风无雨有太阳的日子，奶奶还会将院子里的东西清理干净，关上木门就着阳光做针线活。

奶奶卧床不起的冬天，我工作的企业倒闭了。自然，我成了一名刚就业就下岗的工人。

我含泪翻出奶奶做的针线活，一针一线地从头学起。

后来，我开了一家店，店名叫老祖母针线坊。再后来，我注册了一家公司，生意越做越红火。

追 捕

○吴新华

丁知县刚到龙游上任,数百名老百姓就围在知县府外,击鼓鸣冤,要求抓捕日益猖獗的蟊贼。

知县大人在大堂之上,问清案由,与师爷一嘀咕,急唤来康都头,令其快速缉拿蟊贼。

康都头带领手下开始追捕。蟊贼很狡猾,他们前半夜值勤,蟊贼后半夜出来;他们后半夜值勤,蟊贼前半夜出现。他们守在东城,蟊贼出现在西城;他们守在西城,蟊贼出现在东城。整整守候三个月,连个蟊贼影子也没撞上。抢劫案件居高不下,百姓民不聊生。

丁知县传来康都头,厉声喝道:"三日内,若抓不到蟊贼或寻不着贼窝,你的脑袋就搬家。"

丁知县这招真灵,三日内,康都头果然有喜信上报。

康都头说:"蟊贼虽没抓获,但我们查到了贼人的藏身之处。"

丁知县撸着胡须说:"你细细报来。"

康都头说:"蟊贼一向诡计多端。这次,我们在每个城门前派人守候,贼人得手之后出来,我们的人尾随其后,跟踪到杳无人烟的荒草地,他们突然从地面上消失了。"

丁知县说:"这里没有高山大海,蟊贼本就无藏身之地。哈哈,想不到啊,原来藏在地下,怪不得前几任同仁,都被他们搞得焦头烂额,也无计可施。"

丁知县率全城官兵，出了城门，直驱那处草地。寻觅良久，终于在一棵苹果树下的草丛中，隐藏一个半椭圆的洞，只容一人进出。

康都头命令手下钻进去。一个官兵刚爬进洞内，突然传出"啊"的惨叫声，这样连续进入洞中七人，一一都遭杀害。

丁知县说："这是鬼门关。一夫当关，万夫莫开啊。不过，老夫自有良计，来人，我们用水攻，里面若全是水，他们不淹死也要浮出来。"

很快，数百名官兵抬着水桶，排成长队轮流往洞里灌水。丁知县想，不出一天时间，这个洞被水灌满，不用我们来擒你们，你们也会乖乖出来受擒。

三天过去，数百名官兵累得趴在地上。那条小湖的水差点让他们挑干了，但是那个洞口还是见不着螽贼，也没有水溢出来的迹象。

师爷说："大人，我们得换个法子。"

丁知府说："是啊，我另有妙计。古人有火攻，我用烟攻。"

官兵们在洞口烧潮湿的稻草，潮湿稻草烟气特多，有两位小兵往洞口扇，烟雾往洞里跑去。一会儿，洞里传出来"咳嗽声"。康都头想：知县大人果真是能人也。贼人的末日到了，乖乖地出来还可以活一条小命。可是烧了整整一天，还是没贼出来投降。

康都头又吩咐三位手下进去，全都被贼人杀死。

丁知县说："我也不想抓活的，把洞口堵塞，就让贼人在洞里自生自灭吧。"

一个时辰，官兵们在洞口垒起来许多大石头，像一座小山头。

丁知县派人在洞前守候，十天过去，洞口没有一丝动静，丁知县笑逐颜开地说："十天过去，螽贼不被闷死也会被饿死。"

丁知县叫师爷上报追杀贼人的功劳。

师爷说："大人，再稍缓几天，螽贼死也没有见尸体啊。"

丁知县不悦地说："老爷叫你上报，你报就是。"

杀死全部蟊贼的报表，送出没五日，城里又出现一批蟊贼。经查是同伙人。

原来官兵堵塞那个洞口，他们另外又挖掘两个洞，比以前更方便了。

这起虚报案情，查出要丢脑袋的。丁知府吓出了一身冷汗。

有了贼的藏身之处，丁知府苦苦思索也无擒贼良计。

丁知县说，明天邀请全城名人文人，共商破贼之计。

师爷说："不妥，大人已报上峰全歼贼人，公开开这会议，可能会传到上峰的耳朵里啊。"

丁知县说："师爷，有何良计？"

师爷贴着知县耳朵说："小人有一计，用二十两银子就行。"

知县瞪大眼想了想说："什么？二十两银子。师爷聪明之人，怎么犯糊涂？"

师爷说："用二十两银子，我可以让蟊贼无藏身之处。"

丁知县听了师爷的一番话，连连点头微笑。

翌日，师爷扮成商人，带了十多位佣人，来到贼人藏身处的东面，带着人在挖土。有村民前来询问，师爷悄悄地说："我在古人的书中看到，此处原来是藏宝之处，你不可以对外人讲。"你不让他讲，他就偏偏到处宣传。很快许多村民也加入掏宝队伍。

师爷在地里挖到了二十两银子，亲眼目睹的村民欢呼起来。

说来也怪，不少老百姓也掏到了黄金、玉器等……就这样，掏宝的人越来越多，从开始的数十人，发展成数百人，数千人，数万人……

原来老百姓掏着的黄金、玉器，是蟊贼抢来后，没有上缴给头领，偷偷藏起来的。

老百姓尝到甜头了。他们的积极性更高，一点点向前挖掘，最后把蟊贼藏身之洞也挖空了……后来便成了今日有名的石窟。蟊贼见自己无藏身之处，只好远走高飞。

想出这条妙计的师爷，不久也失踪。

历史从来没有记载下这一笔，龙游石窟就成了千年之谜！

回家过年

○于心亮

腊月二十六，我和张小野就匆匆忙忙地奔回乡下的老家去了。

爹和娘早早地就站在了门口，在孩子们欢欢实实的吵嚷声中乐呵呵地瞧着我们。我对着爹喊：爹。张小野跟着喊：爹！我朝着娘喊：娘。张小野也朝着娘喊：娘！这可把爹和娘给喜坏了，娘扯上张小野的手腕就往屋里拽：快！炕上暖和。路上累坏了吧？饿了吧？

我站在院子里把糖果和点心分给孩子们，然后瞧着他们大呼小叫地跑开。我整整衣裳又对着站在身后的爹说：爹。爹说：回来啦？我说：回来了。

说着话，就都进了暖烘烘的屋里。张小野正把一件褂子朝着娘身上比划。娘羞赧地瞧父亲。我说：不错，不错，跟城市老太太一个模样。爹在一旁装作若无其事的样子乜斜了一眼娘说：跟个老妖精似的。我们就都笑。比划完了，张小野又取出一件羔羊毛皮坎肩披上爹的肩头说：总听大齐口里念叨，说爹一到冬天腰就害冷，坎肩早就买好了，可一直没有时间送回来。爹，试试，合身不？娘就过来帮着爹穿坎肩，这里摸摸，那里抻抻，然后报复性地打一下爹的脊背说：活脱脱变成了一个老猴子！我们就又笑，哈哈的。口里笑着，娘却还没忘记责备我们说：回来空着手就是了，花那么多钱干啥呢！爹就批评娘说：孩子们孝敬咱们两把老骨头，还不应该啊？娘就朝着我和张小野说：听听你爹说这话，是人话吗？

生活·认知·成长 青春励志故事

张小野手脚麻利地帮娘去做饭。娘说不用不用你炕上歇着去。可没拦住,就不拦了,两人叽叽咕咕说着话,就忙活到白腾腾的雾气中去了。

我到院子里帮着爹劈木柴。爹说:歇着吧。我说:不累。我抡起斧头劈柴,呼呼的。墙头上有邻居探过头来:大齐回来了?爹就在一旁说:一会儿让大齐看你去啊!

码柴火的时候,爹对我说:村东头的二愣子也给他爹买了一件羊毛皮坎肩,那东西我见过,成色跟你们捎给我的这件差远了。我说,那是小野跑了好多超市买的,还可以吧?爹说:钱还得小心着花呀,你娘给我买衣服超过四十块钱,我就不给她个好脸色看。往后过日子,你该皱眉头就要皱眉头呀。我说:爹,我记得了。

吃饭的时候,娘竖起筷子给张小野往碗里搛菜。爹就训斥娘说:老牙老口的,你让人家小野嫌弃不?张小野赶紧说:没事没事,我喜欢娘搛菜给我吃。娘就得到支援似的斜剜一眼爹说:你这个老剁头的!爹就不再言声,非常斯文地小着声音吃饭。

在家的日子里,我跟爹在屋外忙活,张小野跟娘在屋里忙活。有时候,我跟张小野还会偷偷有点子小动作,你掐我一下,我捅你一下的。爹不小心看见了,就装作没看见。娘不小心看见了,就大大方方地抿着嘴儿乐。我偷眼望望张小野,张小野也偷偷地看我,我们俩就都有点儿脸红地笑一笑。

连着几天忙过来,真的安静下来,反而都有点儿不适应起来了。大年三十的夜晚,四个大人坐在炕上竟觉得无话可说了,只好看电视,看电视里的人们在欢天喜地地闹着。窗外暗黑的夜里,孩子们的尖叫声传过来了,一声一声的,比鞭炮还要清脆。娘神往地听了一会儿,然后说:明……明年这个时候,咱们家也就热闹了啊。娘抬眼小心地去望张小野。张小野在专心致志地看电视。我也看电视,爹也看电视。

初三我们就要离开家了。我和张小野叮嘱爹和娘说:平日别太累着,挣了钱能穿就穿能吃就吃，千万别苦了自己。娘一个劲儿点头答应，目光却眼巴巴地攀在我们的身上下不来。爹在一旁粗声大气地说：你娘一直闲着，身上都快闲出毛病来了，啥时候你们把小孙子给她送回来，她的毛病就好了！娘赶紧接话说：啥孙子啊？男女都一样，孙女更好啊！送回来，有我老婆子给你们喂着，你们在城里该玩还玩，该耍还耍，不耽误你们的！

我和张小野就一迭声地点头答应着，张小野还害羞地别过头去，连耳朵根儿都红了。我们就那么手牵着手，肩并着肩，背着爹和娘给我们准备下的年货，背着身后沉甸甸的目光，一步一步，一步一步地离开了温暖的家，离开了温暖的村庄，离开了父母亲温暖的视野……

雪好厚啊，一层一层地铺展开来，轻描淡写地就把我们的足迹给掩盖了。我们都不说话，只是呼哧呼哧喘着粗气听着西北风从我们耳朵旁一声又一声地刮过……

我们坐车回到了我们居住的城市，城市里人很多，建筑很多，街道很多，各种标志的牌子也很多。出了车站，张小野往西，我往东，脚步不停，头也不回，各自踩着落寞的积雪飞快地走了。自始至终，我们没有说一句话。

生活·认知·成长 青春励志故事

翱　翔

○莫　言

　　拜完了天地，黑大汉洪喜就有些按捺不住了。虽然看不到新娘的脸，但新娘修长的双臂、纤细的腰肢，都显示出这个胶州北乡女子超出常人的美丽来。洪喜是高密东北乡著名的老光棍儿，四十岁了，一脸大麻子，不久前由老娘做主，用自己的亲妹子杨花，换来了这个名叫燕燕的姑娘。杨花是高密东北乡数一数二的美女，为了麻子哥哥，嫁给了燕燕的哑巴哥哥。妹妹为自己做出了巨大的牺牲，洪喜心中十分感动。想起妹妹将为哑巴生儿育女，洪喜心情复杂，竟对眼前这个女子生出一些仇恨。哑巴，你糟蹋我妹子，我也饶不了你妹子。

　　新娘进入洞房，已是正响光景。一群顽童戳破粉红窗纸，望着坐在炕上的新娘。一个大嫂拍了洪喜一把，笑嘻嘻地说："麻子，真好福气！水灵灵一朵荷花，轻着点揉搓。"

　　洪喜手搓着裤缝，嘻嘻地笑着，脸上的麻子一粒粒红。

　　太阳高高地挂着，似乎静止不动。洪喜盼着天黑，在院子里转圈。他娘拄着拐棍儿过来，叫住儿子，说："喜，我看着这媳妇儿神气不对，你要提防着点儿，别让她跑了。"

　　洪喜道："不用怕，娘，杨花在那边拴着她哩，一根线上拴两个蚂蚱，跑不了那一个，就跑不了这一个。"

　　娘儿俩正说着话，就看到新媳妇儿由两个女傧陪着，走到院子里来。

洪喜的娘不高兴地嘟哝着："哪有新媳妇儿坐床不到黑就下来解手的？这主着夫妻不到头呢，我看她不安好心。"

洪喜被新媳妇儿的美貌吸引住了。她容长脸儿，细眉高鼻，双眼细长，像凤凰的眼睛。她看到了洪喜的脸，怔怔地立住，半袋烟工夫，突然哀号一声，撒腿就往外跑，两个女傧伸手去拽她的胳膊，哧——撕裂了那件红格褂子，露出了雪白的双臂、细长的脖子和胸前的那件红绸子胸衣。

洪喜愣了。他娘用拐棍儿敲着他的头，骂道："傻种，还不去撵？"

洪喜醒过神来，跌跌撞撞追出去。

燕燕在街上飞跑着，头发披散开，像鸟的尾巴。

洪喜边追边喊："截住她！截住她！"

村里的人闻声而出。一群人，拥到街上。十几只凶猛的大狗，伸着颈子狂吠。

燕燕拐下街道，沿着一条胡同，往南跑去。她跑到田野里。正是小麦扬花的季节，微风徐徐吹，碧绿的麦浪翻滚。燕燕冲进麦浪里，麦梢齐着她的腰，衬托着她的红胸衣和白胳膊，像一幅美丽的画。

跑了新媳妇儿，是整个高密东北乡的耻辱。男人们下了狠劲，四面包抄过去。狗也追进麦田，并不时蹿跳起来，将身体显露在麦浪之上。

包围圈逐渐缩小，燕燕突然前扑，消失在麦浪之中。

洪喜松了一口气。奔跑的人们也减慢速度，喘着粗气，拉着手，小心翼翼往前逼，像拉网拿鱼一样。

洪喜心里发着狠，想象着捉住她之后揍她的情景。

突然，一道红光从麦浪中跃起，众人眼花缭乱，往四下里仰了身子。只见那燕燕挥舞着双臂，并拢着双腿，像一只美丽的大蝴蝶，袅袅娜娜地飞出了包围圈。

人们都呆了，木偶泥神般，看着她扇动着胳膊往前飞行。她飞的速度不快，常人快跑就能踩到她投在地上的影子。高度也只有六七米。但她飞得十分漂亮。高密东北乡虽然出过无数的稀奇古怪事，女人飞行还是第一次。

醒过神来后，人们继续追赶。有赶回去骑了自行车来的，拼命蹬着车，轧着她的影子追。只要她一落地，就将被擒获。

飞着的和跑着的在田野里展开了一场有趣的追捕游戏，田野里四处响着人们的呼唤。过路人外乡人也抬头观看奇景。飞着的潇洒，地上的追捕者却因仰着脸看她，沟沟坎坎上，跌跤者无数，乱糟糟如一营败兵。

后来，燕燕降落在村东老墓田的松林里。这片黑松林有三亩见方，林下数百个土馒头里包孕着东北乡人的祖先。松树很多，很老，都像笔一样，直插到云霄里去。老墓田和黑松林是东北乡最恐怖也最神圣的地方。这里埋葬着祖先所以神圣，这里曾经发生过许许多多鬼怪事所以恐怖。

燕燕落在墓田中央最高最大的一株老松树上，人们追进去，仰脸看着她。她坐在树顶梢的一簇细枝上，身体轻轻起伏着。如此丰满的女子，少说也有一百斤，可那么细的树枝竟绰绰有余地承担了她的重量，人们心里都感到纳闷儿。

十几只狗仰起头，对着树上的燕燕狂叫着。

洪喜大声喊叫着："下来，你给我下来！"

对狗的狂吠声和洪喜的喊叫她没有半点反应，管自悠闲地坐着，悠闲地随风起伏。

众人看看无奈，渐渐显出倦怠。几个顽皮的孩子大声喊叫着："新媳妇儿，新媳妇儿，再飞一个给我们看！"

燕燕扬扬胳膊。孩子们欢呼："飞啦飞啦又要飞啦。"她没有飞，她用尖尖的手指梳理脑后的头发，就像鸟类回颈啄理羽毛一样。

洪喜"扑通"跪在地上，哭咧咧地说："大叔大爷们，大哥大兄弟们，帮俺想想法子弄她下来吧，洪喜娶个媳妇儿不容易啊！"

这时，洪喜的娘被人用毛驴驮着赶到了。她一个翻滚下了驴，跌得哼哼唧唧叫唤。

"在哪儿？她在哪儿？"老太太问洪喜。

洪喜指指松树梢，说："她在那儿。"

老太太举手遮住阳光，看到树梢上的儿媳妇儿，骂道："妖精，妖精。"

村里的尊长铁山爷爷说："管她是人是妖，得想法弄她下来，凡事总得有个了结。"

生活·认知·成长 青春励志故事

欧阳的故事

○朱传辉

这是真的。

在每个故事前，欧阳都习惯地来上这么一句。我们起哄道，快说快说，谁在乎是不是真的，不就一个故事吗？我们都喜欢听故事。我们听故事的爱好是欧阳培养起来的。欧阳是我们班最喜欢讲故事也最会讲故事的一个。课上完了，闲着没事了，我们就说，欧阳，来一个。欧阳说，行。我们就围着欧阳坐一圈。欧阳先酝酿一下感情，眼睛眯一眯，然后说，这是真的。故事就开始了。

欧阳是在高二那年从上海转到我们学校来的，他似乎读了很多书，文学作品、还有那些古怪离奇的东西被欧阳信手拈来，渲染得气氛十足，很能扣住我们的心。有时说鬼故事，讲到紧要处，欧阳总是故意停一停，我们吓得大气不敢出，又想听下去。欧阳看我们一眼，得意地笑笑，才把结果说出来。

欧阳把结果说出来，我们就觉得这故事说到底也就是个故事，细节上经不起推敲。故事讲完，我们就批判他，什么这是真的，这能是真的吗？故弄玄虚。

但欧阳也确确实实讲过一些挑不出一点儿毛病的故事，说他有一个叔叔怎么怎么样，有一个姨妈怎么怎么样，开头像拉家常，说着说着就进入剧情了，故事都挺感人，弄得我们偷偷流泪彼此都不敢对视一眼，还忍不住要听下去。当然在每个故事的开头，欧阳依然说，这是真的。可是不久我们发现，如果那些故事都是真的，欧阳总共有几十个叔叔，十几个姨妈。这可能吗？

不过只要故事好听，谁在乎真假。欧阳讲故事的绝活儿使他在班上人气很旺，实际上就是不会讲故事，欧阳也算个好男孩：开朗活泼，热情大方，乐于助人，一天到晚笑呵呵，还喜欢弄些小花招儿逗人乐。有一天，欧阳居然剃了个光头，戴个帽子来上学，简直乐倒了全班人。欧阳故意痞里痞气地问我们酷不酷。课外活动的时候，我们就摸着欧阳的光头说，哥儿们，来一个。

欧阳依旧很爽快的样子，说，行。欧阳说，从前有一个男孩，和我们年纪一样大吧，当然也和我们一样有很多美丽的想法，比如想上一所中意的大学，想周游世界，想做一些令人瞩目的事。按道理，只要努力，这些想法中至少有一些能实现，这几乎是不用怀疑的事，男孩也一向这样认为。可是，突然有一天，医生说男孩得了绝症，至多只能活两年。当然医生没有直接告诉男孩，是男孩偷听到的。男孩当然很绝望，他变得脾气暴躁，谁也不想见，父母也整天对他低声下气，赔着笑脸，一家人都很痛苦。后来有一天，男孩看见父母躲在一个杂货间里相拥哭泣，因为任何其他房间都容易被男孩发觉。男孩震动很大，他想，他失去了所有机会去实现梦想，但他至少还有孝顺父母的机会，他为什么要让他们难过呢？于是，男孩对父母说，我还是想去上学。男孩想通了：他的一天相当于一个月，他不能浪费。他来到学校，可是他发现每个人都对他特别好，特别热情，这种特别让他受不了。他的父母说，那我们搬家吧，到一个陌生的地方去……

说到这里，上课铃响了，我们回到座位。说实话，这个故事不算精彩，欧阳的语气也有点平淡，不过我们还是想知道男孩后来到底怎么样了。可是一放学，欧阳就回家了，说家里有事，明天再讲吧。

生活·认知·成长 青春励志故事

　　到了明天，欧阳没有来，后天大后天也没有来。后来班主任说，欧阳不会来了，欧阳回上海了，欧阳的病很重你们知不知道？

　　我们就明白了，我们想起欧阳的那个没讲完的故事，想起欧阳的光头，我们还想起，唯一一次，欧阳没有在故事的开头说这是真的。

　　但恐怕这是欧阳说的唯一一个真实的故事吧，虽然我们都希望它是假的。

威 名

○李庆钢

当我踏上返乡之路，走进这辆豪华卧铺客车时，担心也随之而来。看得出来，不少旅客也都将这种担心挂在了脸上。好在我早有准备，将那最重要的东西藏在了身上一个最不被人注意的地方。

开车前五分钟，两个司机上车了。年长的那位拿起车内扬声器，用手弹了弹，"喂"了两声后说："亲爱的兄弟姐妹们，我姓苟，是'草'字头下面一个'句'字的苟，你们叫我老苟好了。他姓朱，朱元璋的朱。我们是这趟旅途的'临时家长'，大家有什么困难请告诉我们。不过，我还要告诉你们，你们中间有个人能管我俩，他是刑警队派来的随车便衣。或许你身边的那位就是，他可带着'家伙'哪，负责看管你们的钱袋子。所以，行车中你们想睡就放心睡。当然，他的身份是保密的，除非到了非公开不可的时候……"

车上有便衣警察！旅客们"轰"的一声欢呼起来。加上司机颇具幽默的开场白，大家像吃了一颗定心丸，车内气氛顿时轻松了不少。

车子的性能极好，又快又稳。上了高速公路，时速一下达到了120公里。车内轻音乐若隐若现，窗外偶有"沙沙"的声响，那是与风交汇的声音。司机的技术也极好，没有任何让旅客揪心的违章动作，看来和这位便衣警察的存在不无关系。

这个"便衣"是谁呢？由于我躺在最后一排位置上，我决定从身边开始找找看。

首先，我将女性都排除开，这种工作对她们来说是不合适的。

那一对情侣看来也不是，便衣是在执行公务，不可能带女友来。

抱孩子的那个男人也应排除，他更像是个好父亲。

戴眼镜的那个看来也不可能，那么瘦弱的身板，我决不会将他与一位刑警联系起来。

还有，那几个五十岁左右的准老年人也不会是便衣，即便有可能是警察，也应在"二线"之列。

哎，前面第五排座的那个人倒挺像，身强力壮，单身，眼睛始终在看看这儿看看那儿，甚至回过头来看了我好几眼。但我马上又否定了这个想法，他不停地在吃东西，尤其是留了一头长发。我知道，警察是不许留长发的……

在好奇心的驱使下，我将全部乘客都"梳"了一遍。去掉一个最高分，又去掉一个最低分，但我不得不佩服这个"便衣"伪装得如此巧妙，一点儿"破绽"也看不出来。尽管你不知道他是谁，他却就在我们中间。我想着想着便睡着了，这是我旅途中睡得最踏实的一觉。

四个小时后，车子在高速公路边的休息区停下，司机要交班了，大家也趁机下车活动活动。老苟拿着一个小榔头这里敲敲，那里敲敲，一边和饭店老板打着招呼。看来，这条线路他俩搭档跑熟了，在哪儿休息、吃饭、交班都形成了默契。

重新上路后，我是最后一个上的车，顺便将前面一些人再仔细看看。这些萍水相逢的人都很友好，当我目光扫过他们脸时，他们都友好地朝我笑笑。我想，恐怕是因为"守护天使"的存在，人与人之间少了一分戒备心理。

一天一夜的舟车劳顿，车子终于安全到达了目的地。大家都伸着懒腰，到行李厢去拿行李，而后各奔东西。

神秘的"便衣"到底是谁？下车时，我怀着好奇的心情悄悄问苟师傅。

"既然是便衣，就没有必要公开身份了吧？"苟师傅仍然笑嘻嘻的，拿起拖把，准备打扫卫生，"不过，刚才下车的几位旅客都说你才是真正的便衣，睡觉都睁着一只眼，连打呼噜的声音也明显是装的。"

生活·认知·成长青春励志故事

真假两封信

○ 老 圈

简是一个聪明又调皮的女孩,因为一时贪玩,期末两门功课考试,一门成绩是C,剩下的一门是D。她知道只要自己努力一下,开学后补考是没有问题的,让她头痛的是怎么给父母亲写信说这件不怎么令人愉快的事情。她的父母平素对她的要求很严格,见到这样的成绩肯定不高兴,自己的假日旅行计划肯定就会被他们取消。最后,简想出了一个法子,先后给父母写了两封信。

第一封信中她这样写道——

亲爱的爸爸妈妈:

我要告诉你们一件愉快的事情,以此作为我放假回家跟你们共度美妙假期的礼物。上星期我们宿舍失火,我的许多东西葬身火海,所幸我反应机敏,从窗子跳下去捡了一条命。当时我受伤了,一个小伙子及时救了我,后来他又在医院悉心照料我,使我很快康复。出于对他的感激,我们相爱了。虽然他只是加油站的一个工人,而且由于赌博负债累累,但他毕竟已经从监狱出来一年多了。我打算跟他马上结婚,因为我不想让我和他的孩子能够看得到我们的婚礼。那样的话,事情就显得不那么美妙啦,虽然我认为这其实也没什么……

你们的女儿:简

第二封信中她这样写道——

亲爱的爸爸妈妈：
　　刚才那封信中的好消息是假的，真正的好消息是：期末考试时我只有一门得了个D，而不是两门全是。

你们的女儿：简

　　可以想见，简的父母看到第一封信时，心里是如何的担惊受怕，又会如何的暴跳如雷。但看到第二封信时，他们必定会深感安慰与庆幸。那时候，他们也许唯一在乎的事情就是：只要女儿能平安无事地回到自己身边，比什么都好。与女儿的性命和婚姻相比，一门功课不及格，显然已经算不上什么大事了。
　　聪明女孩简，后来一直用功读书，大学毕业后，成为美国著名的心理咨询师。

生活·认知·成长 青春励志故事

忘记带钥匙的狗

○高振桥

一个开门营业的屠夫见一条狗走进了铺子，很生气，把那条狗轰走了。可是，不久那条狗又回来了。

于是，屠夫走到那条狗跟前，发现狗的嘴里衔着一张便条。他取下便条，只见上面写着："我要买12根香肠和一条羊腿。狗的嘴里有钱。"

屠夫向狗嘴里看了看，哇！还真的有一张10美元的票子呢。他把钱拿出来，把香肠和羊腿放进一个袋子里，然后让狗叼住袋子。屠夫感觉到这件事很新鲜，又恰好到了下班的时间，他就决定关上店门，在后边跟踪那条狗。

屠夫尾随着那条狗出发了。狗沿着大街走着，不一会儿来到一个岔道口，它放下袋子，跳起来，按了一下路边的按钮，然后叼起袋子，耐心地等信号灯亮起来。信号灯亮了，那条狗走过道口。屠夫一直紧跟在狗的身后，好奇地观察着这一切。

那条狗来到了一个公共汽车站，它竟然去看了看时刻表。屠夫着实吃惊不小。那条狗查看了时刻表之后，就在一个座位上坐了下来。一辆汽车开过来了，它走到车前边去看了看车次，然后又回身坐下。

又开来了一辆汽车，那条狗照样去看了看车次，这次它上车去了。屠夫也跟着它上了那辆车。同狗比肩坐着，这时候的屠夫真有说不出的惊讶，甚至有些恐惧感。

汽车穿过城市，来到了郊区。一路上那条狗不停地看外边的景物。当汽车即将到达大教堂时，狗从容不迫地站起来，向车门走过去。它用两条后腿站着，用前爪按了按要求停车的按钮，它下车了，嘴里仍然衔着它买的东西。

狗和屠夫一前一后地在路上走着，后来那条狗拐进了一座宅院。它走过甬道，把买来的东西放在台阶上。屠夫站在一旁，看它怎样开门。只见狗沿甬道回折几步，然后快速助跑，用自己的身体去撞房门。如此重复了几次，屋子里没有人回应。那条狗就越过一堵窄墙，绕过花园，来到了一扇窗户下边。它用头碰了几下窗户，随后返回来，在房门口等着。

一个大个子男人打开了房门。他一出来就对那条狗又是拳打又是脚踢，嘴里还不停地骂它。屠夫忍不住跑过去大声制止他："我的老天！你这是干什么呢?！这是条多么聪明的狗啊！我敢担保，它一定能上电视的！"听到有人这样大呼小叫地夸那条狗，那个大个子更加气愤地说："它聪明个屁！这是一周来这条蠢货第二次忘记带钥匙了。"

生活·认知·成长 青春励志故事

猎

○柴米河

一大早，奇特公司的曾总就把我叫到他的办公室。

"限你一个月之内把特奇公司的高工蒋贤给我挖过来，不管花多大代价。成了，你将加薪；败了，你另觅高枝。"

特奇公司的老总我是知道的，他与我们奇特公司的曾总是大学同班同学。在大学里，二人是学习上的对手；后来二人又同时爱上了本班的一个女生，成了情场上的对手，结果鹬蚌相争，渔人得利，别人把女孩娶走了；再后来二人都下海经商办公司，又成了生意上的对手。你办一个"奇特"，我办一个"特奇"，跟唱对台戏似的。不过除了生意之外，二人在生活中绝对的"哥们儿"，我就多次参加过曾总与他的聚餐或聚会，那份亲，比刘关张的情义不差，每次二人都喝得脸红脖子粗的。而且据我观察，二人的友情也绝不是所谓的应酬，是真正的生活中的朋友。

从我一进公司担任人事部长开始，我就听到或感觉到了弥漫在奇特与特奇之间的人才大战。双方为充实自己的实力，均不遗余力地到处网罗人才，恨不得把所有的人才都招致自己的麾下听用，直至"战争"的硝烟渗透进了对方的阵营，以"挖墙脚"等公开半公开的形式从对方的公司撬走一些关键部门的关键人才。我就是奇特的曾总通过朋友的朋友的关系从别的公司挖来的"高人"。高薪诱惑之下，我又向曾总极力推荐我的丈夫。

"不行，绝对不行。"曾总不等我说完就把我堵了回去，"我这儿不是慈善机构，我要的是人才。"

"可是我丈夫……"

"别说了。"

曾总的武断让我生气，可他对人才的重视又让我折服。我尽心尽力地为公司做着一切。

面对曾总的一个月之内挖来蒋工的"通牒"，我知道，又一轮的人才争夺战开始了。

"为什么挖一个工程师要不惜一切代价？"我问曾总。

"据我的情报，这个35岁的蒋工不是一般的人才，能得到他为我公司所用，奇特将会击败本市所有的同行与竞争对手！"

"当初……"

"不要多说了，一个月之内，不管你采取什么手段，都要把人弄过来，否则你走人。这就是竞争。"

我知道跟他说得再多也无济于事。市场竞争如此激烈，他求贤若渴，我能理解。而接下来的日子，我并未采取像往常一样的常规手段去特奇公司调查、摸底、请客吃饭，我只是一如既往地上班、下班。曾总见我无动于衷，事情亦毫无进展，十分恼怒，已不止一次地提醒我他的限期与"通牒"，还说，到时别怪他"不客气"。我一笑了之，不置可否。

这场"战争"在悄无声息中接近了尾声。"通牒"的最后一天下午，我平静地走进了曾总的办公室。

"是来辞职的？"曾总倒是先开了口，语气中明显带着对我的失望，"你干得很出色，我也舍不得你走啊，当初为了挖你这个人才，我们也是费了一番周折的。可我作为公司的老总，说出的话总得要兑现的，这点希望你能理解。"

我嫣然一笑："曾总，晚上我请您吃饭。"

"吃饭就不必了，你明天到财务部结算一下这个月的工资吧。"曾总的情绪显得有些颓丧。

"曾总，晚上我也请了蒋工，您不去表示一下您的诚意吗？"

"真的？"曾总似乎不大相信，但眼里明显有了光亮。

"真的。"我依然用一丝浅笑告诉他我不是在与他开玩笑。

"哈哈哈！"曾总一脸得意之色，"得到蒋工，你首功一件，我保证他的工资、待遇是特奇的双倍。对了，你是怎么把他攻下来的？"

"没费什么周折，人家本来就是想来奇特效力的。"

"是吗？"曾总惊得张大了嘴巴。

"是的，当初我来奇特时向您推荐过他，可您没给我、也是没给他这个机会。"

"是吗？你早就认识他？"曾总一脸的愕然。

"岂止认识。我们一个锅里吃饭，两把钥匙开一把锁。"

"你们？"

"他是我丈夫。"

曾总再一次张大了嘴巴，却什么也没说出来。

"曾总，那今天晚上……"

"去，我一定去！"他忙不迭地说。

我优雅地转身，出了曾总的办公室，直奔洗手间。对着墙上那面大大的镜子，我偷偷地乐了。

空城新计

○燕　子

　　我站在城下，与城楼上的诸葛亮近在咫尺。这是我们交战多年来距离最近的一次。他依然是那副气定神闲的表情。宽大的鹤氅临风飘动，好一副仙风道骨。琴声悠扬，弹琴的人仿佛面对的不是压境的大军，而是令人心旷神怡的山水田园。我甚至还看见他对我微微一笑，我不禁感叹道：能在险境中如此镇定的仅此一人哪。说心里话，我很佩服诸葛亮，不仅佩服他的足智多谋，也佩服他的胆识。他是唯一让我从心里钦佩的人。如果不是各事其主，我很可能与他成为朋友。我决不会像周瑜那样生出"既生瑜，何生亮"的妒忌之心。哦，话扯远了。

　　诸葛亮轻轻地抚弄着琴弦，似乎陶醉在美妙的音乐里。两个书童也神态安然地侍立在两旁。我往城里看了看，见二十多个百姓模样的人在街道上低头扫地。我淡淡地笑了笑，然后转身，果断地挥手：撤军。这时，二儿子司马昭驱马过来，不解地问为什么。我说：亮平生谨慎，不曾弄险。今大开城门，必有埋伏，宜速退。

　　这就是历史上有名的"空城计"，后来被人大肆渲染，诸葛亮更是因此声名远播，而我则成了反面教材。常有人说：凡事要敢想敢做，勇往直前，千万别像司马懿那样多疑，错失空城。提到我退兵，大家都用"多疑"二字来解释，这已经成了历史的定论。就连当初诸葛亮冒险唱"空城计"，也是因了我的"多疑"。不能否认，我生性确实多疑。但这决不是我退兵的真正原因。当时，蜀军正遭惨败。失去"街亭"这一要隘，他们元气大伤，已不可能组织任何强大的力量反击了。即使城内真有埋伏，也不过万儿八千人。我只需从十五万精兵中派出一小股队伍入城一试，便可知其虚实。但我没有这样做，也没有采取任何其他的行动，而是选择了退兵。不是我多疑，而是只能如此，因为我别无选择。

有人说我狡诈阴险，其实我不是这样的人，这从我的军事生涯中就能看出来。在战场上，在两军交锋中，我凭借的是实力，从不搞阴谋使坏。这一点我与诸葛亮截然不同。就是在朝中为官，我依然靠我的实力去发展，没耍过手腕。但我的性格中也有着令人难以容忍的缺憾：恃才傲物。有时太张扬了一些，难免遭到一些人的忌妒，这就是人们常说的"树大招风"、"出头的椽子先烂"吧。我几乎是在无意中给自己树了很多政敌。曹操在世时也对我心存戒备。他曾对华歆说："司马懿鹰视狼顾，不可付以兵权，久必为国家大祸。"我不知道他为什么会这样评价我，也许是我太锋芒毕露了。但我敢对天发誓：虽然我这个人精于世故，但对曹操，我是忠心耿耿，此心天地可鉴。

曹操对我始终是心怀防范，我的抱负、才能无法施展。后来曹丕为主，我的处境才有了好转，官至骠骑大将军。曹丕这个人才叫阴险狠毒，连亲兄弟都害，但对我一直不错。我呢，也竭尽全力来辅佐他，这叫"士为知己者死"嘛。因此，我深得曹丕的赏识。有他为我撑腰，我过了一段显赫的日子。可好景不长，曹丕死后，曹睿登基，我的厄运也来了。曹睿这个人和曹操一样，总怀疑我有不轨的行为，再加上看我不顺眼的人不断地在他面前煽风点火，他就常找茬儿试探我，弄得我很烦。可能有时不免带出点情绪来，这就更加重了他的疑心。就在这时，意想不到的事发生了。城门上忽然贴出一张声讨曹睿、要他"下课"的告示，而且告示上有我的亲笔签名。这下曹睿抓住了我的把柄，那些反对我的人更是就此大做文章，把我说成了董卓之流。本来曹睿想杀了我，但大将军曹真在关键时刻力排众议，为我说了很多好话，我这才得以保全性命。我永远感激曹真。

后来我才知道这一切都是诸葛亮导演的，欲用"反间计"让曹睿置我于死地。给对手使绊子是诸葛亮惯用的手法。他这一招儿还真把我绊了一个大跟头，但我不恨他，反而感激他。因为通过这件事，我彻底看清了同僚们卑鄙的嘴脸，落井下石的阴险。

不过这次挫折对我来说也不全是坏事，后来发生的事就是极好的证明。当时诸葛亮出祁山伐魏，屡败曹军。曹魏全军上上下下没有人能是诸葛亮的对手。眼看曹魏江山危矣。这时，曹睿想起了被他一脚踢开的我。就这样，我又被重新起用，临危受命任平西都督。几度沉浮，我翻然醒悟：我能有今天，从某种意义上说，靠的是诸葛亮的"功劳"。满朝文武，只有我司马懿可在疆场上与诸葛亮一较高低。有诸葛亮一天在，就有我的用武之地，政敌就奈何我不得。

城楼上琴声铿锵，似乎已达到高潮。我的战马一声长鸣，前蹄高高扬起，随时准备冲锋陷阵。我勒紧马缰，凝望着城头。虽然诸葛亮看似平静如水，但我知道他心里比任何人都紧张，因为他守的是一座空城，歼之灭之真是易如反掌。但我却不能这样做。一旦抓住了诸葛亮，那么魏国的大敌就不复存在了，自己便失去了独特的价值，说不定什么时候就会在残酷的倾轧和内耗中再一次被政敌们置于死地。可以说诸葛亮就是我手中的一张王牌，只要他在，我在朝中就平安无事。放诸葛亮一马，也为我自己留出了生存与发展的空间。我承认自己在这场战争中过多地想的是个人的生死存亡，有点不像个军人。但在那种特殊的环境和背景下，我只能如此。

我知道我的举动肯定会引起世人对我的猜测，甚至会对我的智慧进行诋毁。但我有我的苦衷。而这种苦衷难以向人明言，只能把它埋在心底，让后人去评说吧。

生活·认知·成长 青春励志故事

看着大军缓缓退去,我心里一阵轻松。

我回头望了一眼城楼上的诸葛亮,在心里说:朋友,后会有期。然后,策马扬鞭,绝尘而去。

老公的忏悔

○世纪家园

亲爱的老婆大人：

遵照您的旨意，我在书房里反省了一个小时四十分零七秒，喝了一杯白开水，上了一次卫生间，没有抽烟。以上事实准确无误，请审查。附上我的检讨书，不当之处可以协商。

经过三个月的婚姻生活，我认为老婆同志温柔贤良，勤奋聪颖，是不可多得的好妻子，而身为丈夫的我却举止乖张，态度轻狂，所作所为确有值得商榷之处。以下是我对自己恶劣行径的剖析，请领导审阅：

1. 昨天的事情是我不对，你做的红烧茄子虽然有点咸，但是香醇可口，瑕不掩瑜，我不该指责你浪费盐。我这么求全责备，完全是暗藏忌妒之心。不过再加点水是可以的。

2. 你说喜欢陆毅的时候，我不该信口雌黄说我喜欢梁咏琪，害得你两天不理我。仔细一想，我的回答确实很不妥当，因为你的花心还局限于内地，我却冲到了港台，我还是喜欢周迅好了。

3. 星期六的那次婚礼，我说我开会，不知道能不能去，你准备了两个红包，一个100元的，一个200元的，结果我没去，你不小心送出去了厚的。亲爱的，我不该笑你，你已经做得很好了，换作我，可能将两个都一块儿送出去了。

4. 你剪短了头发，问我好不好看，我说好看。你很高兴，进一步求证，我说还行；你追问到底好不好，我回答，不如以前好。这使你非常难过。这是我的错，以后此类的答复均以第一次为准。

5. 你在网上认识了很多优秀的朋友，一时间鸿雁传书，玉照纷飞，我不该用报纸上的报道打击你。不过你穿白裙子的那张照片真的不好看，还是穿高领衫的那张好，旁边有我当保镖，显得气派。

6. 探望你外甥那次，你回来和我讨论谁应该洗尿布，我的确不该推卸责任，惹你生气。不过亲爱的，这项任务过于遥远，我们还是讨论谁负责生好了。他们家是谁生的？

7. 你说我长得不如你漂亮的时候，我不应该顽固抵赖。你说得很好，证据确凿，可以让瞎子作证。

8. 我下楼倒垃圾回来，你围着我转了好几圈，问我抽了几根。我说一根，你就气得不行。亲爱的，我真不知道你的鼻子如此灵敏，其实我抽了两根。你一直是善解人意的人，希望你能够原谅我，给我改过自新的机会。

以上种种，请老婆大人明鉴。

友情提示：卧室里昨日有蜘蛛出没，如需护驾，请联系客厅西区组合沙发一号，竭诚为您服务。

爱你的敷魁

领导没胆

〇刘玉行

领导是一个要害部门的一把手，但领导没有派头。

领导配有专车，是四个圈的奥迪，可平时很少坐。领导每天步行上班，已经坚持了好几年。从家门口走到单位正好用15分钟，领导办事认真，数了数，不多不少正好2500步。领导也有坐车的时候，那多半是晋见比领导更大的领导，或者去汇报工作，或者开会，或者干别的什么。

领导有很多宴请，大都安排在带星儿的宾馆里，可领导很少参加。领导算了算，光是去年拒绝的宴请不多不少正好500次。领导也有参加宴请的时候，那多半是有比领导更大的领导到场了。不过领导去应酬宴请，一般是酒不沾唇，荤不入口，烟也不抽。但也有例外的时候，那多半是比领导更大的领导斟的酒，夹的菜，敬的烟。

领导家里、办公室里有各种各样的茶叶，但领导从不喝茶水，只饮白开水，绝无仅有的那次是领导去见他的领导那次。领导的领导新得了一盒正宗的龙井，很热情地为领导沏了一杯（那时领导的领导还不知道领导不喝茶）。盛情难却，也是出于礼貌，领导只呷了两小口。

不坐车，不吃荤，不喝酒，不抽烟，不饮茶的领导在单位上下赢得了很好的声誉。但也有人窃窃私语：从前，领导是爱坐车、喜吃荤、善饮酒、专抽高档烟、专喝名贵茶的啊，这阵子是怎么啦？

不管怎样，人们还是把领导奉为廉洁的楷模，谈起领导，有口皆碑。

生活·认知·成长 青春励志故事

　　有小道消息说，市廉政办准备把领导树为全市的典型，正着手整理领导的廉洁事迹，拟召开专门会议，号召全市干部向领导学习。

　　然而，领导突然被"双规"了。坏事就坏在了那个梁上君子的身上。那天领导刚步行上班后，一名盗贼就进了领导的家，盗出了不少金银首饰、名烟名酒、高级茶叶和十几个存折。不巧的是，那个梁上君子刚刚得手，便被治安巡逻队逮个正着。

　　办案人员突击审问领导。领导就交代了贪污、受贿250万元人民币的犯罪事实。办案人员在提取赃款时还意外发现：领导有两处秘密豪宅，包有两个"二奶"。

　　突如其来的打击使领导病倒了。办案人员把领导送进医院监护治疗。医生给领导做了全面检查后惊奇地发现：领导的胆没了！

　　医生调出了领导的病历，查阅后得知，因患有严重的胆囊炎，领导的胆囊在五年前已被摘除了。在领导的病历上，"谨遵医嘱"一栏清楚地写着：1. 按时服药；2. 忌烟酒茶及辛辣油腻食物；3. 坚持锻炼；4. 每次饭后务必行走15分钟。

　　消息传出，领导单位里炸开了锅：怪不得呢！啧啧啧！而更多的人则感叹：没想到，没有胆的领导竟有恁大的胆子！

偏 方

○相裕亭

兵，还不是正式的兵。

连队，称之为新兵连。

白天训练，也学习。晚上，睡着了，还有纪律约束着——不能尿床。尿床的兵，不需要完成新兵连的三个月集训，就可以通知地方武装部、民政部门来领人。

可一排三班的那个杭州兵赵成民偏偏在新兵集训的第二周，把自己的新被褥尿湿了。

指导员发现他尿床，那已经是他几次尿床之后的事了。在此之前，他夜间尿湿了被褥，白天就用画报或报纸，掩饰住床铺上的尿窝子。

那天下午，指导员可能听到什么风声，突然间选在新兵正在集训时来查房，当指导员拿起赵成民床铺上的一本皱巴巴的美女画报时，顿时被床上的一片尿迹惊呆了！

指导员问："这是谁的床？"

跟在身边的三班班长，打了一个立正："报告指导员，这是新兵一排三班赵成民的床！"

指导员让三班长喊来了集训场上满头热汗的赵成民，不温不火地问他："你尿床？"

赵成民如同霜打过的茄子，虽然也打着立正，可他的下巴已勾进了怀里，恰似一弯尚未长成的豆芽菜！按照新兵条例，他有可能用不着参加后面的集训了。可指导员当场命令他入队，继续参加集训。

晚上，指导员端来一盆放着艾草的热气腾腾的盐水，说是民间偏方，专治尿床病。放到赵成民床头时，指导员就那么蹲在地上，捏起盆里几棵漂浮的艾草秆儿，在盆里不紧不慢地搅和着，等把盆里的水搅和得不怎么烫手了，指导员才让赵成民把双脚放进去浸泡，并蹲在赵成民跟前，一下一下，撩起盆里的水，"哗啦、哗啦"往赵成民的脚面上浇。

赵成民很感动，直到把盆里的热水泡凉，他才依依不舍地把那盆盐水倒掉。

还好，当夜，赵成民没有尿床。

第二天晚上，赵成民怕指导员再端盐水来，可指导员又端着漂有艾草的盐水，如期而至。

赵成民眼里有了晶莹的东西，他想跟指导员说，他自己可以找来艾草和盐水，可指导员偏偏先他一步，把漂有艾草的盐水给他端来了。

第三天，第四天，指导员都是选在熄灯号吹响之前，准时把泡脚的盐水给赵成民端来。终于有一天，赵成民压抑不住内心的愧疚，无声地抹着泪，告诉指导员，说他不需要艾草盐水泡脚，他没有尿床病……

赵成民从枕头底下，摸出他女友写来的信，女友在信中告诉他：要是受不了部队的苦，就早点儿想个法儿回来！

指导员静静地看着赵成民，没有质问，也没有批评，他慢慢地站起身，拍着赵成民的肩膀："你能领悟过来，一定会是个好兵！"

指导员告诉赵成民，他根本不懂什么尿床的偏方，只不过早就看穿他床上的"尿窝"是故意泼上去的水迹。

抢劫发生在电梯内

○ 张枫霞

麦可的写字间就在这座摩天大楼的顶层，出入这里的人都是些高层次、有身份的白领。麦可自然也不例外，笔挺的西装、锃亮的皮鞋、名牌公文包及熬夜人特有的苍白，无一不表现出年轻人的干练与幸运。而今天麦可尤其高兴，他刚刚追回一笔死账，账款就装在肩上的包里。

电梯开始上升时，里面只有四个人：麦可、一个牵着小孩的妇女、一个穿风衣的高个子男人。平时电梯内总是很拥挤，并且总能遇到熟悉的面孔，今天却很特别。麦可想，也许是因为不是上下班高峰又到了大周末的缘故吧。为了打发这段无聊的时光，麦可双臂伸向墙壁，手指轻轻地敲击出一阵嗒嗒嗒的声音，这是他长期敲击电脑养成的习惯。

高个子男人背着一个和麦可一样的包，面无表情地注视着电梯内一明一灭的指示灯。女人也很沉默，不仅沉默，似乎还有些忧伤，这不禁使人怀疑起了她的身份，说她是这里的工作人员吧，怎么能拉个小孩子？要是家属，又怎么能到这里来？看她的打扮与年龄，难免有"二奶""小蜜"之嫌，这里可是优秀男人聚集的地方。麦可是个正经男人，他顶瞧不起的就是这类女人，因此，心里对她就有了几分轻视。不知道旁边这位老兄对此是否有同感，反正他看她的目光也不友好。

电梯在三楼停了一下，可并没有人上下。麦可心里说，今天不光是特别，简直是奇怪了，到底是哪儿不对劲呢？不等他继续思考，事情就发生了，一把寒森森的三角刀顶在了他的腰间，一个声音贴着他的耳朵说："兄弟识相点，把你的包放在脚下，直接到二十四楼。别抱幻想，这里没有人能救你。"麦可有半秒钟时间失去了思考，半秒钟之后他才明白自己遭到了抢劫，抢劫犯是站在他身后的高个子男人。

麦可是见过世面的人，知道自己不是劫匪的对手，加上电梯内的女人和孩子也不行，对方手里有凶器，弄不好会伤害无辜。麦可令自己冷静下来，仍然保持原来的姿势，手指继续在墙壁上敲击，声音比刚才还大。

电梯缓缓上升，指示灯一明一灭地指示着经过的楼层，电梯内的人各想各的心事，空气像凝固了一样连彼此的呼吸都能听得见。

"哇——"突然，一声惊天动地的哭声划破了电梯内的平静，紧接着就是女人刺耳的话："你怎么偏偏在不该拉屎的时候拉屎啊，每次都是憋不住的时候才说，想熏死大家呀！"女人一边说着一边按停了电梯。这个时候麦可和高个子男人都紧张到了极点，麦可是想趁此机会改变处境，而高个子男人更怕有意外出现。但是，电梯一关一合，除了下去一个女人和一个孩子之外，什么事也没有发生。

电梯继续上升，麦可的希望也在一点点地减弱。女人和孩子在电梯内虽然不能帮他，但起码还能延缓劫匪的行动；而此刻除了劫持者就是被劫持者，歹徒还有什么顾虑呢。

果然，劫匪开始行动了，他一手继续用匕首顶着麦可的腰，一手迅速地把他的包与麦可的包对换，然后一步步地退向电梯的门口。但是，慌乱中劫匪就是打不开电梯的门，眼看着额头上豆大的汗珠不住地往外冒。

过了四五分钟，电梯的门自动开了，门口站着两名警察。

录完口供后麦可没有直接离开，他问警察是怎么得到的信息。"一个女人报的警。她说她从你敲击墙壁的手指上读出了你的信号，她朝孩子屁股上拧了一把，趁机下了电梯，立刻报了警。"

"哦！"麦可笑了，他只是习惯把脑子里的想法顺手敲出来，没想到真有人读懂了。莫非她也是 IT 界人士？

那个女人真不错。麦可想，得找个时间好好谢谢她。

青云楼主

○冯骥才

青云楼主，海河边一小文人的号。嘛叫小文人？就是在人们嘴边绝对挂不上号，可提起他来差不多还都知道的那类文人。

此君脸窄身薄，皮黄肉干，胳膊大腿又细又长，远瞧赛几根竹竿子上晾着的一张豆皮。但人不可貌相，海水不可斗量。他能写能画，能刻图章，连托裱的事也行；可行家们说他——手糙了点儿。因故，天津卫的买卖没他写的匾，饭庄药铺的墙上不挂他的画。他于书画这行，是又在行里，又在行外。文人落到这步，那股子"怀才不遇"的滋味，是苦是酸，还是又苦又酸，只有他自己知道了。

于是，青云楼这斋号就叫他想出来了。他自号青云楼主，还写了一副对子挂在迎面墙壁上："人在青山里，心卧白云中。"他常常自言自语念这对子，每每念罢，闭目摇肩，真如隐士。然而，天津卫是个凡夫俗子的花花世界，青云楼就在大胡同东口，买东西的和卖东西的挤成个团儿。再说他隔墙就是四季春大酒楼，整天鱼味肉味葱味酱味换着样儿往窗户里边飘。关上窗户管屁用？窗玻璃拦得住鱼鲜肉香，却拦不住灯红酒绿。一位邻居对他说："你这青云楼干脆也改成饭馆算了。这青云楼三字听着还挺好听，一叫准响！"

这话当时差点叫他死过去。

乾旋地转，运气有变。一天，有个好事的小子陈八，带来一位美国人拜访他。这人50多岁，秃头鼓眼大胡子，胡子里头瞧不见嘴。陈八说这老美喜欢中国的老东西，尤其是字画。青云楼主头一回与洋人会面，脑子发乱，手脚也忙，踩凳子挂画时，差点来个人仰马翻。那老美并没注意到他，只管去瞧墙上的画，每瞧一幅，就哇啦哇啦叫一嗓子，好赛洗屁股时叫水烫着了。然后，嘬起嘴啧啧赞赏一番。这一嘬嘴，就见有一个樱桃样的东西，又湿又红，从他的胡子中间拱出来。青云楼主定神一看，原来是这老美的嘴唇。最后老美用中文一个字一个字地对青云楼主说："我、太、高、兴、了、谢、谢——我、太、高、兴、了、谢、谢——"青云楼主高兴得要疯。他这辈子，头次叫人这么崇拜。两个月后，他收到一封用洋文写的信。他拿到《大公报》的报馆去找懂洋文的朱先生。朱先生一看就笑了，对他说："你用嘛法子，把人家老美都折腾出神经病来了！他说他回国后天天眼睛里都是你写的字，晚上做梦也是你的字，还说他感到中国的艺术家绝对都是天才！"

青云楼主如上青云，身子发飘，一夜没睡，天亮时，忽来灵感，挥笔给那老美写了"宁静致远"四个大字，亲手裱成横披，送到邮局寄去。邮件里还附一张信纸，提个要求，要人家把字挂在墙上后，无论如何站在这字前面，照张照片寄来。他想，他要拿这照片给人看。给亲友看，给街坊邻居看，给那些小看他的人看，再给买卖家那几个大老板看，给报馆的编辑们看，最后在报上刊登出来。都看吧！瞪圆你们的狗眼看看吧！你们不认我，人家老美认我！

他在青云楼中坐等三个月，直等到有点疑惑甚至有点泄气时，一封外皮上写着洋文的信终于寄来了。他忙撕开，押出一封信，全是洋文，他不懂，里边并没照片。再看信封，照片竟卡在里边，他捏住照片押出来一瞧，有点别扭，不大对劲，他再细瞧，竟傻了。那老美倒是站在他那字的前边照了相，可是字儿却挂倒了，全朝下了！

生活·认知·成长 青春励志故事

说你爱我吧

○纪富强

近日，同学苏莉突然打电话来。

"富强，真的是你吗？我终于找到你了！"阿莉柔柔地说道。

也许因为太过意外，我竟一时慌乱起来。

苏莉是我警校时的女同学，人长得非常漂亮，当时追求她的人足有一个加强连呢。说实话，我那时也曾失魂落魄地暗恋过她，可我没有公开的胆量。毕业三年，意外听到她的声音，我内心既兴奋又甜蜜。

"富强，真想不到你能发表文章，稿费拿到不少吧？真为你骄傲！要不是我前天无意中看了《警界》上你的一篇回忆性散文，我还真不知道……你原来……"

我仿佛看到电话那端的苏莉羞涩地低下头，欲说还休。

我是写过一篇警校回忆录的。她看到了？那上面还真有一段我对苏莉痴情的描述呢。

"哦，其实那也没什么的……"

"不！"苏莉斩钉截铁地打断我说，"我从中看出你有那份真挚的深情，是的，那就说明你……你是个好人！其实你鼓足勇气说出来，又会怎样？没人会……"

啊?! 我惊喜得呼吸都变了节奏，汗水涔涔，爱恋的火焰似乎一下复燃，急忙单刀直入地问她："那你呢？"

"我？我当然不会介意……其实我们彼此想的都一样！"

这可是我做梦都没想到的啊！毕业整三年，幸运女神和丘比特之箭竟突然光顾了我这个傻小子！

"富强，在我看你文章时我就在想，说吧，说吧，你为什么不说呢？错过了一次机会，以致你现在都在后悔，这多么遗憾啊！毕竟我们一毕业，就各奔东西了……"

我的眼睛不知不觉潮湿了，心在急剧战栗。平时的奋力笔耕，终于打动了我梦中的女孩！

"阿莉，你……我……谢谢你及时告诉我这些，我真想你！说吧，说你爱我吧！我……"

"你说的什么乱七八糟的啊？对我？真心？爱我？你扯到哪儿去了！开什么玩笑！"苏莉急急打断我，嗓音也陡然亮了，"我照直说吧！你在回忆录上不是说因为训练受伤治疗还欠着伍大海2000块钱吗？他是给忘了，你当时也因为家庭拮据不好意思提，直到你们毕业失去联系——这么跟你说吧，我明天就要和大海举行婚礼了，你把钱直接寄到我这儿来吧……"

生活·认知·成长青春励志故事

天 价

○李世民

那一年，豫东一带发了大水。

灰黄的水把田地和村子都淹没了，水面上漂浮着几块旧门板和两顶烂草帽，远处，有露出水面的树梢在风中摇摇晃晃。

郭长工的身下，是一棵苦楝。

岳东家的身下，是一株青槐。

郭长工的怀里，揣着四个金黄金黄的窝头。

岳东家的怀里，揣着四根黄灿灿的金条。

郭长工眯着眼看岳东家的时候，心里在想事：前年秋天，郭长工给岳东家犁地，不小心犁铧头碰在一块石头上，犁铧头坏了。岳东家气得脸都变色了，像霜打的紫茄子，直骂郭长工长头不长脑瓜子，长心不长心眼子，长眼不长眼珠子。年底算账时，岳东家居然以弄坏一个犁铧头为由扣了郭长工半个月的工钱。

岳东家揉了揉酸溜溜的胃部，瞟了一眼郭长工，心里在盘算着一件事：去年腊月二十三，岳东家正忙年，夫人、丫环张罗着炖肉蒸馍，郭长工带着三个娃闯进来，硬是往口袋里装了整整50个热腾腾的暄馒头。郭长工的理由是，前几天结账时少算了一个月的工钱。岳东家迷惑了半天没算出来是哪一个月，郭长工却一指点破——闰月。岳东家摇了摇头又无可奈何地点了点头，这个没脑子的家伙，小算盘打得还真死。

郭长工望了望岳东家。

岳东家望了望郭长工。

四目相对，两人心里都打着小九九。

一阵微风吹来，郭长工和岳东家禁不住打哆嗦，凉啊。不过，最要紧的还是两个人的肚子都像蛤蟆一样"咕咕"直叫唤，饿啊。

郭长工地从怀里取出一个金黄金黄的窝头。

岳东家的眼前一亮。可是，亮光瞬间就消失了。他张了张嘴，闭上了眼睛，两行清泪顺着脸颊流了下来。岳东家十分明白，那个金黄金黄的窝头不是自己的。

郭长工双手捧着玉米面窝头，虔诚地望着它，嘴角露出一丝幸福的微笑。

岳东家慢慢地把手伸进怀里，取出了一根黄灿灿的金条。

郭长工觉得面前忽地燃烧起一团火焰，火焰烤灼着自己的脸，烫烫地热。不过，这团火焰很快就熄灭了。郭长工心里清楚，那根黄灿灿的金条不是自己的。

这时候，岳东家说了一句郭长工不敢相信的话：我用这根金条换你那个窝头，行吧？

郭长工算不出一根金条到底能换多少个窝头，也不知道一根金条能买几亩良田。可他清楚，自己就是做一辈子长工，也换不来一根金条。

于是，郭长工颤抖着手解下了自己的裤腰带。实际上，他的裤腰带就是一条粗布带子。郭长工把裤腰带撕成条条，连成一根绳子，然后，他小心地把窝头中间穿了一个洞，用绳子的一端把窝头系牢，把绳子的另一端扔给了岳东家。

岳东家手里捧着一个金黄金黄的窝头。

郭长工手里捧着一根黄灿灿的金条。

还换？岳东家问。

生活·认知·成长 青春励志故事

换！郭长工答。

岳东家的怀里，揣着四个金黄金黄的窝头。

郭长工的怀里，揣着四根黄灿灿的金条。

岳东家想，这是救命的窝头啊。

郭长工想，这是能买宅子买地的金条啊。买了宅子买了地，我郭长工还是郭长工吗，不，我郭长工就变成了郭东家。

一阵微风吹来，岳东家和郭长工禁不住打了一个冷战，凉啊。两人的肚子里又擂起了一轮又一轮的战鼓，饿啊。

岳东家从怀里取出一个金黄金黄的窝头，送到了嘴边。

郭长工"哇"的一声大哭起来。

悲凄中的郭长工想起了一句话：人为财死，鸟为食亡。

岳东家张开了嘴，没有吃窝头，而是说了一句让郭长工不敢相信的话：我用一个窝头，换你两根金条，行吧？

郭长工憋了半天，终于蹦出了一个字：行。

岳东家用一个窝头，换了郭长工两根金条。

还换？岳东家问。

换！郭长工答。

饥饿中，岳东家和郭长工各用两个金黄金黄的窝头保住了性命。

三天后，水退了。

岳东家怀揣着四根黄灿灿的金条，向远处走去。

郭长工提溜着裤子，向远处走去。

岳东家想，我还是岳东家。

郭长工想，我还是郭长工。

洗　澡

○刘桂先

　　A局的桑田出差归来，颇感身心疲惫，晚饭顾不上吃，便匆匆走进附近的金都浴城。
　　也许正是晚饭时间，浴池内浴客并不太多，倒是雾气腾腾，即使面对面，也很难辨清对方容颜。桑田浸在池水中间，浑身放松了许多。突然，他似乎听到有人叫了一声，正想循声看去，肩膀却被轻轻地拍了一下。他定睛一看，原来是一个身体微胖、笑容可掬的中年人弯腰站在身边，附在他的耳朵旁边说："来，我给您搓一下澡。"
　　原来是搓澡的，桑田随口答道："好啊！"便躺到旁边的一张椅子上。
　　那人搓得非常认真。他将桑田全身搓了个遍，连敏感部位都没有放过。几个回合下来，已是气喘吁吁、汗流浃背。桑田顿生感慨："搓澡工挣钱不容易啊。"
　　搓着搓着，那人的手在桑田的小腹处停住了。他说："您这里也有个疤，说不定也是做阑尾手术留下来的吧。"桑田正在闭目养神，便随口答道："是的。"那人一下子兴奋起来，说："您看，我这里也有个疤，当然也是做阑尾手术留下来的，咱们可是同病相怜了。"
　　洗完澡，桑田不由觉得肚子咕咕直叫。他想起晚饭还没有吃呢，便忙着穿衣结账。可是，结账的那位青年人却不收他的搓澡钱。他问是怎么回事。青年人说，今天不曾有搓背工为你搓澡，我怎能收你的搓澡钱呢。桑田说，你弄糊涂了，搓背工今天为我搓澡了。他指着在不远处穿衣服的那位身体微胖的中年人说："瞧，就是他为我搓的澡。"

话音刚落，青年人笑了。他说："你知道他是谁？他是 A 局刚刚从外地调来的杨局长，他怎么会为你搓澡？"

听到这话，桑田不由大吃一惊：早就听说要从外地调进一个局长，我出差不过才半个月，新局长就调来了。我刚才真是鬼使神差，怎么心安理得地让他为我搓澡呢？他掉过头来，三步并作两步离开了金都浴城。

这一夜，桑田辗转反侧，彻夜难眠。他觉得杨局长高深莫测，很担心自己会给杨局长留下印象，他对契诃夫笔下的那个死掉的小公务员有了更深切的理解。

第二天上午，桑田来到办公室后就一直没有出门，他害怕遇到杨局长，也害怕被杨局长认出。临下班前，局党委张书记突然领着一个中年人走来了，桑田一看，正是杨局长，不过脸上少了那副可亲的笑容，却多了副镜片很厚的眼镜。张书记介绍道："小桑，这是咱们局刚刚调来的杨局长，以后要在杨局长的领导下好好工作。"杨局长握着桑田的手，亲切地说："你是我调来之后最后一个见到的同志。听说你出差了？""是的是的。"桑田连连点头，额上的汗珠不住地往下流。杨局长见此情景，关切地问道："怎么啦，身体不舒服？""肚子……肚子有点痛。"桑田随口说道。"总不会得阑尾炎吧。其实，得了阑尾炎也没有关系，做个手术就行了。我就得过阑尾炎，分管我们这一块的吴县长也得过阑尾炎。昨天晚上我陪他在金都浴城洗澡时，就看到了那条足有三寸长的疤痕。"杨局长把眼镜往鼻梁上推了推，继续说道，"吴县长和我是哥儿们，关系铁得很。昨天晚上洗澡时，他还为我搓澡来着……"

谢天谢地，原来杨局长把我认作吴县长了。桑田顿时轻松起来，额上的汗也逐渐少了。

瞎子领路人

○曹 义

纽约曼哈顿中城傍晚时刻，下班的人群摩肩接踵，有的步履匆匆，有的闲情逸致。下班时的心情显然要比上班时好，夜生活刚刚开始，这是曼哈顿一天里最有生气的时刻。

就在路口等绿灯的时候，我看见身旁有一个盲人，手持一根探路的木棍，缓缓晃动着，好像在等待谁的援助。下班的路上，我经常看见这个老头儿，常有不同模样的人给他引路。今天该轮到我来尽义务了，于是我趋前一步："先生，我能帮你忙吗？"

盲人高兴地说："这个世界好人真多，每天都有人主动来帮我。"本来，过了马路我就打算跟他分手的，可是，他的胳膊挽住我的手臂，过了马路他还不松手，我只得捺着性子，扶着他再送一程。

"你走哪个方向？啊，也是汽车总站，好极了！"盲人先开口，让我不好意思离开，幸亏同路，好人就做到底吧。

盲人摸着我的手掌说："我从你讲话的口气，从你的手心，断定你有一副好心肠。"

我很感动，觉得他没讲错："先生，你会看相算命？"

"你小看我了，"盲人露出得意的样子，"我并非天生失明。我的事业很成功，我很有钱。"

"你是百万富翁？"

"我是百万富翁的10倍！第五大道上有一幢大楼是我的。"

我对盲人肃然起敬，他接着问："你也很有钱吗？"

我给了否定的答复。

"我要把你列入我的遗产继承人名单，请把你的名字告诉我，我已经对我的妻子和孩子做了安排，我还有一笔钱，反正也不能带到天堂去，我要用来报答帮助我的人。"盲人一边说，一边将我的手拉得更紧了。

我斜了他一眼，心里不由一阵疑惑。有这等好事？世上哪有白吃的午餐？这家伙看来是个老滑头，无非是想让人领他到目的地。他要是真的在第五大道拥有一幢大楼，还会每天这样一个人折腾着上下班？我断然谢绝了他的好意。就在我想脱身的时候，老头儿又问："你能告诉我你是哪里来的吗？"

"我是中国人。"

"啊。太好了！我已经好久没遇上中国人。要知道，我是在中国出生的。""真的？""还能骗你？我见过毛泽东、蒋介石。"他很准确地用只有老一辈人才会的"韦氏音标"把"蒋介石"念成 Jiang Kaishek。

"我还去过延安。"盲人继续说下去，"毛泽东让我坐在他的膝盖上拍过照。"

"请问你今年几岁了？"盲人的话立刻引起我极大的兴趣，我顾不上美国人互不打听对方年龄的禁忌了。

"62岁。"

几十年前美国人能看见毛泽东和蒋介石的机会，只有在1945年"8·15"日本战败投降到1946年上半年这段时间。我掐指算了一下，身边这个美国佬那时也就三四岁，是有可能"坐在毛泽东的膝盖上"拍照的。他的话也可能有吹牛的成分。以当时国共内战一触即发的紧张气氛，从重庆到延安，小飞机的空间极其有限，从未听说还有美国人带了孩子同行的。

"相片还在吗?""当然在,有好几十张,不,超过 100 张!还有宋美龄,周恩来,有马歇尔,还有史迪威将军,"他一一道来,如数家珍,"你知道史迪威将军吗?"

"就是罗斯福总统派到中国来充当蒋介石的联军参谋长和缅甸印度战区总司令的那位?""啊!并不是所有中国人都知道的。""我喜欢写些小文章,能让我看看那些相片吗?""怎么不能!看来你是我的知音,别人都不稀罕我这堆泛黄的相片。"

我跟盲人交换了名片。名片显示,他是个法律和心理学博士,在第五大道与 23 街附近开了一家律师事务所。汽车总站到了,我本来是上三楼坐车,但热心地将老头儿先送到了四楼。

四楼入口处有很多乘客,见到我们顿时叫起来:"哈,你真厉害,又让你骗来一个。你一定也将他列入你的遗产继承人名单了吧!你是不是要将女儿嫁给他?你大概邀请他参加圣诞节旅行吧……"在众人的哄笑声中,盲人岿然不动,镇定如常。他松开了拉着我的手。

我争辩说,我完全出于好意,没有接受他任何好处。

"我们不相信,他一定给你许诺了。"

他们没错,盲人不愧是心理学博士,他能在瞬间抓住常人的心理弱点,来为自己所利用。我也没能免俗。

我心存侥幸,隔天又给盲人打去电话。那是一个请你留言但永远没人接听的电话。

生活·认知·成长 青春励志故事

一个单身女人的日记

○ 紫 雪

3月2日　晴

　　吃晚饭时,楼上的一对新婚夫妇又吵架了,砸锅摔盆,比上次闹得还凶。我暗自庆幸,庆幸自己没有掉进婚姻的沼泽地。书上说的真好,婚姻像法官,判处一方终生监禁的同时,另一方顺理成章成了看守。我才不愿被监禁呢,也不愿当看守。我现在轻松快乐像一只小鸟,自由自在,想逛街就逛街,想听音乐就听音乐,真是乐死人。

3月12日　雨

　　老天像受了委屈似的,哭了那么多天,不见一丝阳光,真烦!弄得我心情也湿漉漉的。在婚介所工作的好友琴又来游说我。她说,没有男人的日子,就像生活中没有阳光。埋怨我总幻想自己是一朵开不败的花朵,要我为自己的未来想想,到了晚年,病倒在床,风摇门,鬼吹灯。她说得真是又恐怖又凄惨,我的心被她说得一摇一晃。我勉强答应她,去见见她介绍的一个人。

3月16日 多云

在大街角落的一个小餐馆门口，一个白白净净、文质彬彬的青年男子迎接了我。看得出，他见到我，有几分惊喜。我看他时，他显得有几分羞涩。第一眼印象还不错。他点了一菜一汤，我也没在意，我尽量少吃菜。结账时，他说汤里没放盐，要扣5元钱，店主不同意，说最多扣2元钱，结果双方争吵起来，弄得我很尴尬。回来路上，我在想，这个人真会过日子，不过也太认真了。晚上，琴打来电话，说那人问我是否愿意，如果愿意，就先租房结婚，以后攒了钱再买房。我想了一下，叫琴转告他，我还不如先租个丈夫呢，八字还没一撇，他就开始算计我，他是担心万一哪天我们分了手，我要分割他的财产。我一说穿，琴就笑了。

3月21日 阴

按照琴的安排，我又与第二个男人见了面。那人在一家豪华酒店订了个包厢，桌上摆满了丰盛的菜肴。那人一副财大气粗的样子，一见面，就非常热情地伸过手来，出于礼貌，我只好伸出手去应付。握过手，他没松手又使劲抖了半天，好像表达一点什么小意思，弄得我想转身走。他滚圆的腰上别着一溜儿手机、BP机、钥匙什么的，看上去像个大楼保安。他斟了满满两大杯白酒，递过来一杯给我。趁他不注意，我请服务小姐替我换了杯开水。他一边频频向我敬酒，一边海吹说他如何从100块钱发家，现在钱多得不知怎么用，说有很多有眼无珠的女人让他很失望、很痛心。他一边猛喝，一边骂骂咧咧，骂着骂着，舌头不太灵活了，不一会儿，趴在桌上打起呼噜来。我轻手轻脚溜出包厢。我在电话里大骂琴，怎么找了这么一个人，50分都不够。琴笑着说，他有很多钱。我说，我又不是嫁给钱。

生活·认知·成长 青春励志故事

4月6日　多云

琴说帮我物色了一个小帅哥，我经不住劝说，又去见面了。那人长相、穿着确实很潇洒。他一见面就送给我一束玫瑰。我心里有了几分甜蜜。我已经害怕吃饭了，我说去公园走走，他很温柔地答应了。我们沿着河边散步。他说我有一种非凡的气质，深深地震撼了他，他见到我，心一直跳得厉害。他说他一定要重重地感谢琴，让他有机会相识了一个藏在深山人未识的绝代佳人。他说，我一笑，让他有种醉了的感觉。他发誓，以后一定好好待我，让我幸福一辈子。尽管他说得有些飘，我还是很快乐。晚上，他约我去喝茶，见面又送我一束玫瑰。喝完茶，临分手时，他很动情地说，在这个世界上他只爱两个女人，一个是我，一个是他妈。我听了，心里"咯噔"一声。回到家，我心里不是滋味，感到很不安，短短一天，他怎么爱我爱得死去活来呢？我有一种预感，这种男人不可靠，就算遇不上我，他也会与其他女人一见钟情，心跳得厉害。我决定和他拜拜。

6月6日　晴

琴发誓帮我找了一个"正宗"的男人。那人果真不错，举止言谈很儒雅，不爱张扬，很少说话。我喜欢那种沉默是金的男人。他父亲生病住院，几次都约我一道去看他父亲，并把我热情地介绍给他父亲。我俩默默地陪坐在他父亲床头。楼道里弥漫着来苏水味，我觉得特好闻。我心里明白，我已经喜欢上他了，孝顺父亲的男人，大多是好男人。我嗓子有些嘶哑，他悄悄递给我一盒"草珊瑚"，我心里好感动，真有些相见恨晚的感觉，我庆幸找到了意中人。

6月11日　大雨

　　好几天，不见他来电话，我有些着急，正打算出门找他，琴来了。我说，我真的要好好感谢你。她摇摇头，默默递给我一个信封，我惊诧着拆开一看，里面有2000元钱。我惊愕地问琴怎么回事。琴一脸歉意地说，他父亲去世了，他去新加坡继承他父亲的遗产了。他父亲临终前，想亲眼看看他的儿媳，所以……这2000元是……我只觉得天旋地转，整个世界都是骗子，我把钱甩了一地，把琴赶走了，趴在床上哭了整整一下午。
　　我决定搬家，永远离开琴，因为我太脆弱，经不住劝说。

生活·认知·成长 青春励志故事

王 芫

○王奎山

男孩和女孩是高中同学。女孩家是农村的，据说，家里经济条件相当差。听班上住校的女同学说，女孩常常是馒头就咸菜，即便咸菜，也只买2分钱的，连3分钱的都舍不得买。有一回课外活动，女孩和别的几个女同学一起到操场上玩双杠，轮到女孩，女孩双手搭到杠上，身子往下一沉，本来想纵身上杠的，却一下子跌倒在地面上，而且一下子晕了过去。几个女同学七手八脚地把女孩子弄到学校医疗室，医生检查之后说女孩的体质太差了，得加强营养，每天起码保证两个鸡蛋。可是，就女孩的家庭条件，不要说两个鸡蛋，馒头咸菜能吃饱就不错了。班上的干部听说了这一情况后，准备在班里搞一次募捐活动。女孩得知消息，坚决地拒绝了这一善举。女孩说：我是一个和你们一样的人，如果考虑到我的人格和尊严，请你们千万不要干这样的蠢事。

事情传到男孩的耳朵里，男孩大为吃惊。男孩不住校，也不在学校吃饭。男孩不仅家在城里，而且就在市里的"中南海"——市委家属院住。男孩的父亲是市委书记。在家里，男孩有自己宽敞的卧室。每天清晨一起床，妈妈就把煎鸡蛋和麦片粥给他端到面前了。实事求是地说，男孩和女孩虽然生活在同一个时代，虽然同在一个学校，同在一个班里学习，在物质享受上，却有天壤之别。

男孩下决心帮助女孩。于是，他想到了自己的父亲。一天晚上，他把女孩的情况告诉了父亲。他在强调女孩贫穷的时候尤其强调了女孩的优秀，他在强调女孩困境的时候尤其强调了女孩的自尊。他请求父亲一定要给予女孩帮助。

父亲果然按他的要求去做了。几天之后，父亲抽了一个时间，亲自去了一趟女孩所在的村子，还带上了市教育局、市民政局的领导和女孩所在乡的党委书记、乡长。于是，事情立即得到了最及时和最妥善的解决。

于是，女孩家庭的困难立即迎刃而解。

女孩果然争气，当年她以优异的成绩考上了北京的一所大学。男孩也不示弱，考上了省里的一所大学。

纸包不住火。当女孩了解到事情的真相之后，对男孩表示了最真挚的感谢。顺理成章的，两个人的感情迅速地得到了发展。但是，出乎男孩意料的是，到了大四的时候，女孩的热情却一天天地淡薄下去，以致提出了"分手"的话。

男孩迅速赶到了女孩所在的学校。具有讽刺意味的是，男孩赶到女孩学校的那天，正好是情人节。女孩拒绝会见男孩。男孩就在女孩宿舍楼下的门卫室里不停地往女孩的宿舍打电话。起初，女孩还接过两回，但此后，女孩连男孩的电话也不接了。男孩想不到女孩会如此绝情，就在门卫室里不停地来回走路，不停地吸烟。门卫是一个从乡下招聘来的小姑娘，看到男孩那凶凶的样子，既不敢放男孩进去，也不敢叫男孩走开。

20 点了。

21 点了。

22 点了。

门卫小姑娘看看表，看看男孩；看看男孩，又看看表。终于，小姑娘鼓起勇气，说："大哥……"女孩刚刚叫了一声大哥，看到男孩眼中的凶光，就把要说的话咽了回去。

时间在一分一秒地过去。小姑娘心里想，我得马上离开这间屋子，不

生活·认知·成长 青春励志故事

然，非出人命不可。就在小姑娘这样想的时候，一个女孩进来了。进来的不是男孩要找的女孩。女孩朝男孩自我介绍说："你好，我叫王芫。"说着，朝男孩伸出一只手。男孩犹豫了一下，终于伸出手和王芫握了一下。王芫说："作为一个旁观者，我想和你谈谈。"说着，王芫朝外伸出一只手，做了一个"请"的手势。

男孩愣愣地看了半晌，终于听话地站起来，随王芫朝外走去。

王芫和男孩刚刚离开门卫室，小姑娘就冲了出来，朝一群围拢过来的人哇哇地哭道："吓死人啦……"

谁也不知道王芫和那个男孩谈了些什么。王芫回来的时候，已经是半夜过后了。

第二年的情人节，传来了王芫和那个男孩结婚的消息。

假如蜗牛可以相亲相爱

○米 米

城市边缘有一条长长的铁路线,在铁轨间的枕木上住着一个小小的蜗牛村落,很多很多年,一代又一代,他们在那里安然生活着。

浅浅和深深是在这个村落里长大的青梅竹马的玩伴。浅浅是个蜗牛女孩,壳子的正中间有一枚小小的粉红色斑点。深深很早很早以前就把浅浅当成了心中的宝贝,他暗下决心自己一定做浅浅这辈子最好的保护者。当然,这句话他还没告诉浅浅。浅浅总是像个孩子,单纯地笑。深深也陪着她笑,等着她长大了懂得了爱情的那一天。

雨后的春天,草尖上挂满了水珠,空气里浸满了花香,浅浅和深深沿着湿润的铁轨慢慢地散步,一列火车鸣叫着汽笛缓缓地停住了,刚好滑到他们头顶。

"喂!你们好。"浅浅和深深伸长了触角,看到了坐在火车顶上的一只蜗牛,这是他们第一次看到来自火车上的同类,都惊讶地睁大了眼睛。

"哦,这是我见过的最美丽的蜗牛,你的背上有那么美丽的一个粉红斑点。"他深情的眼神落到浅浅的眼底,浅浅忽然觉得心怦怦地跳了起来,低下头半躲在深深身后。

"你好,我是深深,她是浅浅,你从哪里来呢?"深深和他打招呼。

"我叫飞,我坐着火车到处旅行。嗯,旅行实在是一件美妙的事情,可以让你看到很大很大的世界。你们不该总是留在这个小小的角落里,趁

生活·认知·成长 青春励志故事

着青春正好，不如出去走走。"飞海阔天空地说了起来。在火车临时停检的几分钟时间里，他口若悬河地给浅浅和深深讲起了路过的地方，那些终年生长着茂盛树木雨水丰沛的南方，那些浅浅和深深听都没听说过的地方，甚至是族里的老蜗牛都没听说过的地方。

浅浅简直着了迷，目不转睛地看着飞，听飞讲那些童话般的经历。

"可是，你一个人多么孤单呢，你不如停下吧，留在我们的蜗牛村里，有同类和你做伴，会很幸福的。"深深邀请飞。

"停下？我还有那么多地方没去过呢。你们要不要和我一起上路，我就要走了，别错过这个机会啊。"他特别望了一下浅浅。

"我……"浅浅有些犹豫，她的心思已经飞到了外面，她还从来没遇到过这样有风度有学识的蜗牛，她真想和他做伴，一起去欣赏外面的风景。可是还没有来得及做好决定，火车就鸣叫着开走了，迎面的风里似乎回荡着飞和他们告别的声音。

"浅浅，回家去吧，流浪的生活是不适合我们的，外面的风景再美也不如和大家在一起快乐啊。"深深拉拉走神的浅浅。他有些难过，他看得出浅浅对那个飞很着迷。

这一夜，浅浅没有睡好，她总是想起飞，虽然隔着那么远的距离，她根本看不清他的样子。深深也没有睡好，他发现浅浅已经长大了，自己该对她表白，告诉她，自己愿意陪伴她一生一世。

第二天，浅浅早早地就来找深深，深深的话还没说出口，浅浅就说："深深，我要离开了，我决定沿着铁轨向前走，走到城市里那个车站，就可以搭上火车，就可以去南方了。"她很固执地上路了，深深急忙跟了过去，陪在她旁边，一起慢慢地向前走。

从蜗牛村到火车站的距离并不遥远，可是对两只蜗牛来说，那是无法企及的路程。从晨到昏，迎风沐雨，还有阳光炙烤，不过几天的时间，浅浅就走不动了，她伏在那里，慢慢地淡了呼吸。

"深深，我是不是走不到南方了？我好想去啊，你要是再遇到飞一定要告诉他，我爱上了那个喜欢流浪的飞。"浅浅最后看了一眼深深，再也没有醒来。

深深没有哭，他没有向前走，也没有向后退，就那样坐在浅浅的身边，一动不动，一直看着浅浅的身体慢慢地在壳子里消失，然后守着那个有着粉红斑点的空壳。很久很久，他自己终于也变成了一枚空壳。他果然履行了心底的诺言，他陪了她一生一世。

转眼到了秋天，依然是落雨的午后，一辆列车又因为临时检修停在了这里，一只老蜗牛坐在车顶的水洼里和几只飞虫聊天儿。他很絮叨，日复一日的，总是在和别人讲年轻时怎样风光，见过怎样的风景。

他果然是老了，眼睛也花了，望不到地面上那两只依偎着的蜗牛空壳。后来，他静静地死在了车顶上。临到生命最后一刻，他也没告诉别人，其实，他早就厌倦了这样的生活，可是没办法，从车顶到地面的距离对他来说太漫长了，在火车偶尔停歇的几分钟里，他根本就爬不下来。不然，那一天，遇到那只有粉红斑点的美丽蜗牛时，他一定会留下来陪她，一起在蜗牛村过宁静的幸福生活。他多想告诉她，他对她是如此的一见钟情。

生活·认知·成长 青春励志故事

意料之外

○冰 戈

不久前,我所在的那家汽车修理厂倒闭了,我便找到了这份汽车销售员的工作。两个星期后的一天早上,我正在看一辆二手奥迪车的资料,突然一个中年妇女推门而入,我赶忙站起身迎了上去。

她左手提一个精致的黑色提包,着一件大红的丝绸连衣裙,穿紫色的高跟鞋,几乎看都没看我,径直往展厅走去。突然,我发现她的右手夹着一支正在燃烧的香烟,我急忙赶上去,很小心地说:"您好!这里是禁烟区,请把您的烟给我!"我看见她的眉头皱了一下。她的妆化得太糟糕,眼圈是绿色,脸上泛着紫色,嘴涂得太红并且超出了唇线的范围,像从嘴里溢出来的血。

"如果我一定要吸呢?"她眯着眼不以为然地问。

"对不起,如果您一定要坚持,我只能请您出去吸烟。"我尽量心平气和地说。

她似乎犹豫了一下,还是把烟递给了我。我请她先随便看看,然后拿着烟走了出去。等我回来的时候,她正在一辆黑色的奔驰280前看说明。我走过去后,她便让我介绍一下这辆车的有关情况。当我介绍完后,她又走向下一款,让我接着为她介绍。

展厅里一共有40多种类型的车,当她让我向她介绍第12辆车情况的时候,我的确有些口干舌燥。突然她打断了我的话,指着一辆白色的本田，表现出极大的兴趣："你觉得这车怎么样？"

那辆本田车，才送来两天，是二手车。据说它的车主买了它还不到一年，因为出了车祸，觉得不吉利就卖给了我们公司。

但是，如果要上路，充电器和刹车还需要检修甚至更换。中年妇女对本田车的线型、驾驶室内的设置一直赞不绝口。她似乎对其他的车都不再有兴趣，一连声地问我车的牌证等手续齐不齐全，我告诉她什么都齐全。但是我隐瞒了有关车祸及需检修的情况。我想起我的主管王经理对我说的话："你的工作就是把公司的车卖出去。"我想，如果她真的买了这辆本田，公司说不定会奖励我。我正这样想的时候，她突然对我说，她还要考虑一下，明天来签合同。

说实话，我的确很讨厌她，我也很珍惜这份工作，但是，我总觉得很别扭，心里很不安！就在中年妇女将要离去的那一瞬间，我突然鼓起勇气叫住了她。

我说，非常抱歉，关于那辆本田车，还有一些需要介绍的情况。接着，我把隐瞒的一些情况，全都告诉了她。

中年妇女此后一直没有再来。

两个月后的一天，公司突然任命我担任销售部经理。那天下班后，我拉着王经理去喝酒，一来表示庆贺，二来对他的知遇之恩表示谢意。

酒过三巡，王经理突然说："那天的话没说完，公司要你把车卖出去，但是一定要让顾客满意，公司的名誉比利益更重要。你知不知道，那天来买本田车的是总经理的妈妈，公司的董事长啊！"

生活·认知·成长 青春励志故事

当一回县长

○朱占强

离下班时间还有半个小时……

笃、笃笃，县长办公室的门被敲响了。

进来。县长说。

张奎推开门，哈着腰走进屋里。

县长问：有什么事？

张奎说：您是侯县长吧！我叫张奎。是这样，咱农村不是已经费改税了吗？现在我们那儿还是乱收费。上个月收建校费，说是捐，每位村民二十元。

县长说：张奎，你不捐不就是了。

张奎说：不捐不行，谁不捐村主任用喇叭吆喝谁的名字。村主任还说，谁不捐，收回谁承包的责任田。

县长问：张奎，你捐了吗？

张奎说：捐了。俺一家四口人，八十元……心里虽然不愿意，还是捐了。

县长说：你们的村委主任真是无法无天。他有什么权力收回农民耕种的责任田？你回吧，张奎，明天我去你们村解决乱收费问题，收的钱全部退还。

谢谢县长！

张奎哈着腰退出了县长室。

笃、笃笃，县长办公室的门再一次被敲响。

进来。县长说。

马跃进推开门，哈着腰走进屋里。

县长问：有什么事？

马跃进说：您是侯县长吧！我是提角乡寨沟村小学校长马跃进。我们学校的教室有一半是危房，阴雨天无法正常上课。我向有关部门反映了许多次，每次都答复"快了"。请问县长，"快了"究竟是多长时间？

县长说：马校长啊！你们提角乡去年上报县里的年终工作总结材料上写得明明白白，全乡教育设施已100%达标，怎么会有危房呢？如果你反映的情况属实，我以我的人格担保，半年内给你们建一座教学楼。

谢谢县长！

马跃进哈着腰退出了县长办公室。

笃、笃笃，县长办公室的门第三次被敲响。

进来。县长说。

钱富贵推开门，哈着腰走进屋里。

县长问：有什么事？

钱富贵说：您是侯县长吧！我叫钱富贵，是县政府新办公楼建筑工地的民工。我们民工辛辛苦苦干了半年多，工程马上要竣工了，至今还没有领过一次工资。

县长拍案而起，气愤地说：真是岂有此理！关于拖欠民工工资问题，是我们政府工作的重中之重，也是关系到社会稳定的焦点问题，我保证——

门"砰"的一声被撞开，张奎慌慌张张地闯了进来，张奎压低嗓子朝"县长"喊：侯三，别闹了，工头儿来了！

走廊里响起脚步声，有人叫骂着走过来：下班不去工棚吃饭，你们日

生活·认知·成长 青春励志故事

弄啥哩！如果误了政府新办公楼的工期，谁也别想领一分钱的工资！

侯三一手拿锤子一手拿钉子从县长办公室里走出来。钱富贵把椅子扶稳，侯三踩上去，给"县长办公室"的门牌补上一根钉子，冲走过来的工头儿笑说：这不，活儿还没干完嘛！

工头儿领着民工们朝楼下走。到了楼梯拐弯处，侯三回过头，恋恋不舍地朝县长室的门牌望了一眼。

都是老师惹的祸

○河北棒子

隔壁老李的儿子是初中的优等生。星期五中午,他带着这学期的期中考试成绩回家吃饭。

老李的老婆是个护士,轮休在家。老李开出租车,今天活儿特别多,午饭就在外面简单解决了,中午不回家。

像平时每回考试以后一样,老李的老婆很想知道儿子的分数,又怕知道,就问儿子:是好消息还是坏消息?

儿子看到母亲紧张兮兮的样子,心里感到有点儿好玩,但他却镇静地说:妈妈,别搞得这么紧张,今天我带来了两条消息,一条是好的,一条是坏的。

老李的老婆心里对自己说,不是说今天上午只公布数学成绩吗,难道这么快就判出了两科的分数?还有好有坏?看来,儿子虽然天资聪明,又学习刻苦,但毕竟人算不如天算。成绩的好坏,除了智商、用功之外,还有非智商因素起作用。会是哪一科好哪一科坏?

儿子稍稍提高嗓门儿:妈,是先讲好的呢,还是先讲坏的?

母亲说:好的坏的,到头来都得讲,不如先讲好的。

儿子说:您听好,好消息是,数学卷子发下来了,我考了个全年级第一。

母亲大喜过望,不由兴奋地说:孩子,你真厉害呀,比你妈强多了!

因为兴奋，老李的老婆已经不再惧怕那个坏消息了，就接下来问：你那个坏消息是啥？

儿子说：真让您失望，刚才那条好消息是假的，我只考了全年级第二。

母亲被儿子逗乐了：孩子，虽然你数学考了年级第二，但幽默考了年级第一，综合能力很强嘛。

下午五点半，老李的老婆提早去医院上夜班。晚上，老李为了给儿子做饭，六点就回家了。老李问儿子：今天下午，有没有公布考试成绩呀？

儿子说：公布了。

老李说：怎么样？是好是坏？

儿子故伎重演：有好有坏。爸，是先听好的呢，还是先听坏的？

老李说：好的坏的，到头来都得听，不如先听坏的，醒醒脑。

儿子压低声音说：这回期中考试语文考得惨极了——真的出乎我的意料，我竟破天荒地考了倒数第一……

老李不由得跳起来：什么？你小子是不是吃错药了，在这里吓唬我，也不知道你整天点灯费蜡地干些什么！

儿子说：爸爸，您不是说先醒醒脑吗？

老李也感到有些失态：儿子，咱先别说这个了，来说说那个好消息吧。

儿子拉着长声说：我们班的语文成绩是由低到高排，我是倒数第一。

老李：什么？竟是这样……

儿子不紧不慢地说：您想，压轴戏一路从前面数过来，还不得是排倒数第一！

老李不由嗔怪儿子：你这个机灵鬼，今天你这是哪门子功夫？好好坏坏，让人难辨。都说咱的哥能侃，我看呢，的哥的儿子是侃吹并举，真应了那句"青出于蓝而胜于蓝"的老话。

儿子说：爸，什么呀，怪只怪我们老师布置了一个作文题《成绩单发下之后》。老师要求构思精巧，真实可信，活泼幽默。我想，咋办？于是就来了个"智演三国"。这一切，都是俺老师惹的祸。

生活·认知·成长 青春励志故事

读 星

○叶倾城

那个站在走廊长窗前的男生，已经向窗外凝视了多久？按捺不住自己的好奇，我走向另一扇长窗。

男孩转头看我，眼光中有迷惑。

我说："读星，其实还不如读心呢。"说完，笑笑，回教室去了。

一会儿，对面椅子响。

抬头，是窗前的男生。

我们相视而笑。

认识他，原就是这么简单。

也是在一个有星有月的晚上，他第一次向我提起了从前。

是十四岁那一年吧，衣服穿穿就短了，再买穿穿又短了。那样突飞猛进的青春连他自己都跟不上了，就由着青春走下去，真的下去了。

到底还是犯了事。

父亲做了一世警察，没料到这回被带到面前的却是自己的儿子，只说了一句"你……"整个人就猝然扑倒在案上。他父亲一直就有严重的心脏病。

那一回，他被大哥吊在门框上抽得死去活来，大哥边打边问他："你改不改？你改不改？"他不回答。青春的激情和巨大的内疚在他心中来回冲突，一寸一寸啃噬着他年轻稚嫩的心。这份痛，有谁知道，又有谁能替他化解。他说："你打死我好了。"没有一滴泪。门框上的陈年积灰落了他一脸，他的心是死灰。

至此，他真的没有退路了。

当他们在黑暗的街头啸聚成群，大打出手时，他感到虚幻的快乐。可是稍一停，那份痛，又会排山倒海地扑上来。他怕死那份痛了，停都不敢停。

家里对他早死了心，真是打他也嫌手痛，气上来了，往往丢块搓板叫他去跪，一跪就跪到天亮。

然后就有了那个晚上。

那晚，他跪的地方正对着窗，一大片星空就悬在他面前，像一幅大画，避也避不开。满天星子，散乱如棋局，似乎有无穷的玄机，等待人去破解。他与星子遥遥对视，柔和的星光一直落到他心里去。有多久没有人这样看过他，又有多久他没有这样看过人，星空在他眼前渐渐荡漾起来，他这才发现，自己已泪流满面。

一直以为自己的心是烧过的灰烬，早已尘埃落定，可是当滚烫的泪水洗去一层尘埃，又洗去一层血渍，那竟还是颗活鲜鲜、亮莹莹、温热热的心。

身后略有响动，回头，是父亲。

父亲叹口气："算了，起来吧，洗了睡。"

在父亲转身的那一刹那，父亲头上早生的白发，刺痛了他的眼睛。

"后来呢？"我问。

他说："长大了。"

若干年后，他考取了大学，站在他身后陪他的换了一个人。

——是个女孩。

女孩好穿白衣，长发依依，朴素的衣饰也盖不住她通身夺目的光彩，她是学校里公认的明星，便有男生戏谑地叫他"摘星手"。

生活·认知·成长 青春励志故事

你是星吗？我少年时代最苦最痛的日子里凝视着我的是不是你？他怀着模糊的喜悦想，把女孩的手握得更紧。

就常常那样握着彼此的手，并肩读星。

多少的心事就是在那样的星空下结绳。

星子，是另一种睡莲，日落而放，日出而闭，夜夜在天上织一张大网，仿佛千万年前就订下了生死之约，要千万年守节情不移。可是那样织了又拆、拆了又织的网又能网住什么呢？

他们到底还是分了手。

晚上，他站在寝室的窗前，仰头眺望。

很意外地，竟没有一颗星星。

黑沉沉的天幕在窗前直挂下来。看久了，觉得自己这边是无边的静夜，那一边才是别有洞天，数不尽的繁华旖旎都藏在里面，一丝光也不透。

他的眼泪大滴大滴地掉下来，心中却一片空。

其实他的爱不过是用青春去爱青春，从来也没有用心去爱过心。青春是火一样热、水一样不羁的，谁又能用水和火建一座家园？

从来没有一个规定，要年少无知的爱情，必得长久，正如从来没有一个规定，要星夜夜出现。

星不过是人家高楼上的美女，远远地看路上的行人，也会巧笑倩兮，却与路人毫不相干。

"后来呢？"我又问。

他不回答，只是轻轻揽住了我的肩头。

冯大吹

○袁炳发

冯大吹四十多岁的样子,是从开封府来到苇子沟的。

来时,带着老婆和两个孩子。在苇子沟住了几年后,冯大吹的那个高大女人,又给他生下三个孩子。

五个孩子加上冯大吹和老婆就是七口之家了。

于是,日子就显得极其艰难起来。

冯大吹好像很不在乎日子的艰难,每天晚饭后,仍有闲心去"二子茶铺"里闲聊神吹。

冯大吹有嘴皮子功夫,坐在茶铺胡编胡吹几个时辰,编和吹出的东西也不会重样的。

苇子沟的人知道他说的话净是瞎吹,但也愿意到茶铺来听他神吹瞎侃,为此给"二子茶铺"招徕了不少茶客,二子就把冯大吹每晚上的茶费免了。

冯大吹来得就更勤,吹得也就更来劲了。

冯大吹给人家吹他年轻时的事。他说自己二十岁时,二百来斤重的大麻袋,扛上肩能走上三十里路都不用歇气儿。还说他在老家,一个人赤手空拳打死过老虎。

大伙儿知道他把武松打虎的事硬往自己身上贴,就捧着肚子笑。

冯大吹见大伙儿笑,就说:"莫笑,还有比打死老虎更神的事情呢!

生活·认知·成长 青春励志故事

那时俺在老家，有一天，一只羽毛鲜艳的大鸟从我家门前飞过，恰巧被我家孩子见着了，孩子就哭着吵着和我要那只好看的大鸟。没法子，为了哄孩子不哭，我就豁出力气去追那只大鸟。"

说到此，冯大吹不讲了。

大伙儿急着问："快讲，到底追上那只鸟没有？"

冯大吹点着一支烟，吸了一口，又看看众人说："那只大鸟硬是叫我给追得活活累死了。"

大伙儿听后，发出一阵叹气之声。

冯大吹给苇子沟"裕生堂"的陈爷跑差，所谓的"跑差"，就是给陈爷跑腿学舌。跑好了，事情办成了，多得点儿赏金；跑不好，事情办不成，陈爷顶多责备几句也就罢了。

这样的差事冯大吹也倒是蛮愿干，因为他凭着自己的三寸不烂之舌，事情十有八九都能办成。

冯大吹有时看陈爷脸色好时，就说："陈爷，你的这几间房子算个鸡×，俺老家开封府的乡下，还有俺十间大瓦房呢！那才叫房子呢，门脸儿全是用上好的木料雕刻的龙和凤。"

陈爷听后甚惊，后又疑惑地问："这事情是真的？"

冯大吹说："骗你干啥，你又不能抢了俺的大瓦房。"

陈爷就不问了。

后来，苇子沟的人问起这事时，冯大吹还拍着胸脯子，说："俺老家的那十间大瓦房，在你们这儿是找不到的，那才叫真正的房子。"

说到这儿，冯大吹的眉头皱起来，双眼凝视不动，神思好像沉浸在对房子的回忆之中。

后来，也不知怎么搞的，冯大吹突然得了肺病。

得了肺病的冯大吹，辞了"裕生堂"的差事，在家养病。

初得病时，冯大吹只是不住声地咳嗽，后来就开始咯血，那血挺黏稠，黑色的。

冯大吹的高大女人，每天就一个劲儿地哭。

冯大吹就说："哭有啥用，我死后你可要找个好人嫁呀！"

高大女人就搂着冯大吹的脖子，哽咽着说："俺不嫁。俺领着孩子们过。"

苇子沟的一些人，自发性地凑了点粮食给冯大吹送来，顺便也看看冯大吹的病情。

冯大吹见此情景，不无感动地对大伙儿说："平时和大家说的那些话都是瞎扯，过着苦日子，不扯干啥去？扯扯也宽心呀！"

冯大吹从来到苇子沟后，十几年中，就说了这么几句真话。

生活·认知·成长 青春励志故事

嫁个英雄

○ 刘晓燕

苏玫是名副其实的美女，每天回家脱下衣服一抖，诸色男人的眼珠子哗哗滚落，一脚踩上去，咯吱作响。

名马——宝剑——美女，自古是英雄的至爱，如今，马已换成车，剑已变成钱，美女仍是美女，无可替代。

苏玫在等待英雄。这年头英雄不多，能够邂逅的更是寥若晨星，偶尔遇到个儿把，也是赤手空拳徒有英雄气。

潮涨潮落花开花谢，苏玫苦苦守候的英雄仍是一团模糊的影子。苏玫有些，不，相当着急了。女人一着急就沉不住气，就会给男人可乘之机。

李大维自长喉结起，就跟在苏玫屁股后面小心伺候，大家叫他"小李子"。我们以为这次"小李子"该与"老佛爷"携手并肩了。我们甚至看到大维由于极度兴奋而从鼻孔里冒出的泡泡。

哇，大维真的冒泡了！不过不是美的，而是气的。

快领证了，不知苏玫抽了哪根筋，一颗冰蛋砸向大维：你走吧，我要的是普京小贝之类的豪杰名流，年纪大点的阿拉法特也行。

阿拉法特？那是个老头儿，你图他什么？

人家好歹是个主席。

以色列可在追杀他，你就不怕做寡妇？

没文化了吧，那不叫寡妇，叫元首遗孀。

大维擦干净泡泡：元首遗孀，不，主席夫人，你多保重。一转身扬长而去。

有腿还怕没裤子穿？跟漂亮女人谈情说爱还行，真要娶回家，那可是找罪受。漂亮什么呀，朝花夕拾了。

面对朋友们的劝慰，大维连连点头：真知灼见，真知灼见。

五月端午后，大维要结婚了。盯着喜帖上"李大维王小语"几个字，苏玫抽抽搭搭：你们都以为我特挑剔是不是，我有什么错啊，不就想嫁得好点儿吗？何况又这么漂亮……

哭过后，一个电话打过去：李大维，你个王八蛋！你当初干吗死乞白赖地追我？

我那是癞蛤蟆想吃天鹅肉。怎么，你还没找着主席呀？

呸！三十多岁了，给人家当二奶人家都嫌老。

这话怎说的。没别的事吧，我还要忙结婚呢。

你敢！你马上过来——和我结婚！

别，你看我没车没……

的士你不能坐啊，你是查尔斯王子呀？

事后我们都夸苏玫了不起，愣把大维从王小语那儿夺了回来。苏玫摸着因怀孕而微肿的脸颊，半骄傲半谦虚地说：人长得漂亮，没办法。

大维一声诡笑，扯扯我们的衣服：压根儿就没王小语这个人。

李大维凭着聪明智慧做了丈夫，尔后一鼓作气做了爸爸。端详着女儿的秀眉俊目，大维的瘦脸笑成一只橘子：真漂亮，长大起码嫁个总统。苏玫一撇嘴：总统有啥了不起，要嫁就嫁个英雄。

生活·认知·成长 青春励志故事

禁丐记

○刀尔登

刚过完年,有个人拿着一张纸,敲我的房门。

"走开,我什么也不买。"

"先生,我是社会工作者,来调查您对大牛街禁丐的看法。"

大牛街是本市最好看的一条街,有好多大公司、大商店,还有漂亮的花木、霓虹灯,人行道是用大理石铺的。城市的宣传手册、旅游地图,总是拿这条街的照片做封面。从外国来的游客一下飞机,也都马上给拉到这里。

"这个嘛……似乎不大妥。"我请他进来说话,"那里毕竟是公共场所,怎么好意思不让穷人去呢?"

"好多要饭的一点儿也不穷,有的家里还盖了楼。"调查员气愤地说,"他们净是骗子,还装瘸。"

"可总有没盖楼的,也有真瘸的。"我说,"再说,在那条街上班的人,本来就有好多家里盖楼的,本来就有好多骗子。如果只是因为工作服不一样,只许一部分骗子去,不让另一部分骗子去,很不公平。"

"您总不会赞同骗讨吧?"调查员说。

"当然不,可要是禁止骗讨,就该在什么地方都禁止,单在大牛街禁止乞讨,而不是在所有地方禁止骗讨,这很可疑。"我摇头说。

"乞讨和骗讨……这很难区别的……需要成本。"

我继续摇头:"没本事区别就不要管。还有人假装上厕所,在里面卖毒品呢。禁毒委的同志们也没有不让人去厕所嘛。"

"我真倒霉。"调查员看了我一眼说,"可学者说,他们在街上要钱,妨碍了别人的自由。"

"非也非也。"我说,"昨天我在大牛街见到两个很胖的人拥抱,弄得别人不好走路,照您的学者的看法,我们也得禁止拥抱,禁止晕倒,禁止问路,甚至禁止……"

"可大牛街是咱们的窗口呀。"调查员激动地叫道,"他们在那里要饭,很难看的!"

"您早这么说不就得了。行,我赞同。"我看着调查员在纸上打了一个钩。"有没有禁止在公共浴室唱歌的法令?还有,我对香水过敏,就没有人管管他们吗?……顺便说一句,作为点缀,城里还是该有几个乞丐的,只是要洗干净,再带把小提琴什么的。"

肯定是我的一票管了用,到四月份,大牛街真的开始禁丐了。但昨天我去大牛街办事,一眼便看到若干乞丐。不像以前那么多,但还颇有一些,而且其中的一个已经看见我,并且一瘸一拐地走过来了。

"不是不让你们来了吗?"我把手伸向口袋,同时很不甘心地问,"警察不抓你们吗?"

"也抓,抓不过来,就有的抓有的不抓了。"乞丐笑眯眯地看着我掏钱。

"什么叫有的抓有的不抓?"

"看他高兴啊。"乞丐说,"比如他今天缺钱花,就多抓几个。"

"你们身上能有多大油水?"我怀疑地打量他。

"油水是不多,虱子也是肉,平时还得孝敬……您快点呀!"他催促我说。

"街上这么多要钱的,说不过去。"

"警力有限嘛,有什么说不过去。"

"我还是不明白。"

"您是干什么的呀,怎么这么笨?这就像赌钱啊,家家都在打麻将,你说是犯法吧没人管,你说没人管吧想管就能管你,这么大的空间,是留给警察的嘛。"

"我在大学里教经济,不过不如你牛。"我心服口服地把钱给他。

"我以前是教法律的。"乞丐把钱装进一只小布袋,"没意思,不干了。"

老人与树

○刘国芳

有时候看一棵树，觉得，那树像一个人。

有一棵柿子树，就像一个人。

柿子树像一个老人。

柿子树的皮肤是褐黑色的，枝丫是弯曲的，柿子树给人的感觉粗而斑驳，像一个老人皱皱巴巴的脸；或者，一个老人皱皱巴巴的脸像斑斑驳驳的柿子树。柿子树在旷野里一站，就站出一树的沧桑。这也像一个老人，老人历尽岁月的磨难，脸上写满了沧桑。

老人住在离柿子树不远的地方，老人出门，总要从柿子树跟前走过。老人真的把柿子树当成一个人了，见了柿子树，老人总说："你也老了！"

老人不仅跟柿子树说这句话，柿子结果的时候，老人说："你还能结果呀。"柿子熟了的时候，老人说："柿子熟了。"柿子落了的时候，老人说："你身上没有柿子了。"柿子树听了老人的话，一般不做声，但柿子树会把枝叶摇响，那是柿子树的笑声。

有时候，柿子树也觉得自己像个人。

有一个女人，牵着一个孩子从树下走过，那是柿子熟透了的时候，孩子见了满树的柿子，就跟女人说："妈妈，摘柿子我吃。"

女人说："别人的柿子树，怎么能摘。"

柿子树听懂了他们的话，柿子树摇摇身子，把两个熟透了的柿子摇落

生活·认知·成长青春励志故事

在地。孩子见了，欢天喜地捡起来吃，还说："妈妈，这柿子真甜。"

柿子树也听懂了这话，它又摇了摇枝叶，仍笑。

有几个孩子，在柿子熟了的时候爬上树去摘柿子。一个孩子，一直往高处爬，但后来孩子一脚踩空，从树上往下跌。

伸出的枝丫托住了孩子。孩子没有掉下去，就说："幸亏这根枝丫。"

柿子树在心里说："是我用手托住了你。"

有调皮的孩子，总拉着或扯着柿子树的枝丫，要把柿子树的枝丫折断，但这些孩子往往折不断。孩子折不断，就说："怎么折不断呀？"

柿子树在心里说："我怎么会让你把我的手折断呢！"

一天，老人要出远门。老人走到柿子树下时，站了下来，然后老人跟柿子树说："还是你好，可以站在这里不动，我老了，走不动了，真想像你这样站着不动。"

柿子树在心里跟老人说："我其实想走，不但想走，还想飞哩，不然，我为什么要一个劲地往上长，但我飞不起来，我的根拉着我。"

老人好像听到了柿子树的声音，老人说："不走更好，不像我们，走来走去还不是为了生计，我们人类有一句话是这么说的，天下熙熙，皆为名驱，天下攘攘，皆为利往。你不同，你一直站在这里，任何事情也诱惑不了你，要是我们人类能像你这样淡泊就好了。"

老人说着，走了。

但老人回来后，却发现柿子树被人砍了。老人失声大叫起来，老人说："谁砍了你呢？他们为什么要砍了你？"

柿子树在心里说："我也不知道他们为什么要砍我？"

柿子树又说："我真不想让人砍呀，我还能结果，结很多很多的果。"

柿子树还说："可惜我不能走，我要是能走，他们就砍不到我了。"

说着，柿子树流泪了。

老人眨眨眼，也流泪了。

亲爱的，我不会再乱穿马路

○ 翻跟斗方法

和蓝的分手，似乎是上天故意安排的。蓝其实是个不错的女孩，无论是容貌还是性格，都让人无可挑剔。我知道有很多人都在笑我这样做有多傻，可是我还是主动和她分手了，尽管我是那样的不舍。

和蓝分手后的第一天，蓝起得特别晚，管宿舍的阿姨进门三次，看到的都是她蒙着被子，一动不动地蜷缩在床铺上的样子。

蓝无事可做，宿舍里就她一个人，于是下楼到餐厅里帮几个姐妹买午餐，蓝点了三鲜豆腐、糖醋排骨、番茄炒蛋和西芹鱼柳，这些都是我平时最喜欢吃的。离她们下课还有一段时间，蓝神情呆滞地坐着，面无表情地望着菜肴出神。

和蓝分手后的第二天，蓝化了很浓的妆，衣着妖艳地出现在西区的一个酒吧。

蓝坐在吧台边，一杯接一杯地喝着不知名的烈酒。旁边一个男人不怀好意地靠过来，对蓝说，小姐你好漂亮。蓝说，是吗？然后男人说小姐你喝醉了，要不要我开车送你回家。蓝说，好啊，冷笑着抓起酒杯就往男人脸上浇去。男人极为恼火，挥起手掌要扇蓝一个耳光的时候，被几只有力的手抓住，几乎要被摁倒在地。原来，小睦拉了班里几个男生找到了这里。

小睦说，蓝，你别这样，你这样我们大家都会心痛的。蓝说你们不要管我，让我醉死好了。蓝说什么也不走，于是几个男生一起把她拖出酒吧，塞进了出租车。

酒吧里发生的一切我都知道，因为我当时正坐在酒吧昏暗的角落，自始至终都在看着蓝。

我和蓝分手后的第四天，蓝已经躺在医院的病床上两天了，原来她从那晚酒醉后便一直昏迷不醒，昏迷中一直不停地唤着我的名字。其间小睦她们轮流到医院照看她。

和蓝分手后的第六天，我想我应该回到她的身边了，我站在她的病床前，洁白的床单映衬着她苍白的脸。我默默地陪着她一整夜，直到她快要醒来的时候才悄悄地离去。

和蓝分手后的第七天，蓝出院了。

一向嘻嘻哈哈的蓝从此变得沉默寡言，脸上总是给人一副冷酷的表情，或者应该说是冷艳。几个好友看在眼里都明白，蓝一直没有把我忘记，一直在怀念过去那段感情。

蓝开始特别用功，每天都在图书馆自习到关门，成绩也突飞猛进。和蓝分手后的第二年，蓝被选举担任系里新一届的学生会主席。大三刚开始蓝就在为考研做准备。

和蓝分手后的第三年，蓝顺利考入一所名牌大学，攻读硕士研究生。

蓝身边始终不乏比我优秀的男生追求，可是蓝从不理会，除了一个叫凌的男孩。蓝也只是把他当大哥哥般，从没有和他发生过什么。而在别人眼中，他们的关系似乎十分暧昧。

和蓝分手后的第九年，我收到了蓝要结婚的消息，新郎就是凌。

在离结婚还有半个月的时候，蓝坐在新房客厅崭新的沙发上，给亲朋好友们写喜帖。蓝的脸上挂着幸福的微笑，越发楚楚动人。我知道很多人都会收到蓝的喜帖，除了我。

蓝打开一张张印着金色双喜的大红喜帖，在上面郑重地写上新郎新娘的名字。

在蓝写到第二十张喜帖的时候，我愣住了，那二十张喜帖上，新郎那一项赫然都写着我的名字！而蓝似乎还没有要停下的意思。

我的眼泪终于掉了下来，在我们分手后的第九年，我第一次流泪，而蓝她不会看到，谁也看不到。因为，鬼魂是没有眼泪的。

如果时光能够倒流的话，我绝不会因为赶时间而乱穿马路，结果让灵魂离开了身体。而那天，正好是蓝的生日，我手里还提着一个克莉斯汀蛋糕。

生活·认知·成长 青春励志故事

倾 诉

○任振明

"喂，您好，啊，您就是倾诉栏目的主持人，我就想找您聊聊。对，您别急，听我慢慢讲。

"我叫吴班发，今年38岁，现在是一家私营企业的董事长兼法人。公司的规模不太大，一共才200多名员工。固定资产800多万元，经济效益非常可观。就算是事业有成吧。

"对不起，我想最后再跟您讲烦恼的事情可以吗？谢谢您。

"我的家庭十分美满，父亲是一名离休的党政干部，母亲是高级知识分子，身体都非常健康。

"我两个哥哥一个在澳大利亚经商，一个在美国当医生，姐姐在法国从事服装设计，他们的经济收入相当高，生活也很优裕。

"我妻子比我小5岁，出身名门，多才多艺。曾经做过主持人，又温柔又贤惠，是个典型的贤妻良母。我儿子今年14岁，在本市一所名牌中学上学，又聪明又伶俐，就是有些调皮，但学习成绩一直名列前茅。

"我家有两套住宅，一处在市中心区，38楼顶层跃层，300多平方米。还有一处在郊外，是乡村别墅式的3层小楼，500多平方米，不包括私人花园和车库。

"不，我的工作并不紧张。我聘用的总经理和下属都是商界的精英，学历很高，大部分是博士和本科生。经验丰富业务纯熟，而且非常敬业。

公司的事务基本上不用我操心,除非是较大的项目和款项往来他们做不了主才向我请示。

"我每天早晨起来先去吃早茶,然后到办公室看报纸和杂志。午饭前玩一个半小时的台球或保龄球,饭后单独或与几个朋友去洗浴中心洗澡,然后在浴池睡一觉。下午去垂钓中心钓会儿鱼或者去打高尔夫。累倒是不累,到哪儿都有司机跟着。我自己有两辆车,一辆奥迪一辆宝马,想坐哪辆都可以。有时候我也坐女朋友的红色跑车。对了,刚才忘对您讲了,两年前我交了一个女朋友,就算是情人吧,她今年刚满20岁,是个模特儿,又年轻又漂亮,还善解人意。不,她并不看中我的财产和地位。她也是个高薪阶层,自己有房有车,有时候晚上我就住在她那儿,每次吃饭或出去玩,她都抢着结账。不,这件事我妻子暂时还不知道,虽然她很开通,但目前还是不让她知道为好。

"我的烦恼?当然有啦。一个人在现实生活中怎么能够没有烦恼和不幸呢?我记得一位作家曾经说过,世界上幸福的家庭都是相似的,不幸的家庭各有各的不幸。可别人的烦恼和不幸都可以得到帮助和同情,而我的烦恼和不幸是灾难性的,任何人也无法帮助我解决。

"不不不,我说出来您也无法解决,因为我的烦恼和不幸就是我刚才所说的一切都是我自己虚构出来的。"

生活·认知·成长青春励志故事

兔子为什么输给乌龟

○侯发山

很久很久以前，兔子和乌龟赛跑。乌龟虽然跑得慢，但它一点儿也不害怕。兔子在前面跑，乌龟就在后面一步一步挪。兔子快跑到终点时，扭头看到乌龟还远远地落在后面，就停下来睡了一觉……结果，这次比赛兔子输了，乌龟赢了。

期中考试结束后，有几个成绩不错的学生沾沾自喜洋洋得意。我想以龟兔赛跑的故事警示同学们不要骄傲自满，让他们明白"谦受益，满招损""谦虚使人进步，骄傲使人落后"的道理。我把龟兔赛跑的故事讲完后，给大家提了一个问题：兔子为什么输给了乌龟？

看到大部分同学都把手举起来抢着回答，我的心情美丽了不少，心说这个问题毕竟简单，连小学生都能回答出来，何况他们都已经是初中三年级的学生了。我随手一指，让前排的王大丫回答。

王大丫忸怩了一下，说乌龟是狐狸的什么亲戚，兔子惹不起，本事再大也不敢赢……

王大丫的话还没说完，同学们都哄的一声笑了。王大丫看了我一眼，又扭头看了同学们一眼，不服气地分辩道，俺爸下象棋在咱市是冠军，但他在单位里和局长下棋，从来不敢赢……

我瞪了王大丫一眼，说，你胡说什么？坐下！但私下里还是比较欣赏王大丫的思路，像一个作家似的。

我点名让王大丫的同桌李晶回答。

李晶得意地瞟了王大丫一眼，说，乌龟给这次比赛提供了赞助费，所以乌龟赢了。

又是哄堂大笑。我也忍不住笑了，问李晶谁告诉你的这个答案。

李晶不卑不亢地说，我家所在的居委会评比"幸福家庭"，高姗姗家评上了。高姗姗的爸爸和妈妈正吵着闹离婚呢，咋会评上？我爸说，高姗姗的爸有钱，给这次评比活动拿了一万块钱。

现实生活中这样的事例还真不少哩。我叹了口气，示意李晶同学坐下，又指名让马园园站起来。马园园怯怯地看了我一眼，说，老师，我不敢说。

我微笑着鼓励她说，没关系，说吧。

马园园这才吞吞吐吐地说，乌龟给了兔子好处，要兔子输给它。

我忍不住皱了下眉，说，为什么？

马园园埋头悄声地说，我妈他们学校评选优秀教师，我妈各方面条件都符合，极有可能选上，县长的外甥女也在那个学校教书，她为了争取到这个名额，让我妈放弃了参评。

竟有这事？我气愤地说，你妈同意？

马园园说我妈同意，县长的外甥女通过她的关系又让我爸上岗了。

原来如此，换上我，说不定也会这么做的。我挥手让马园园坐下，低头沉默了一会儿，涩着声音说刚才几位同学的回答都不正确，谁知道兔子输给乌龟的真正原因？

又有好几个同学举起了手。

我让丁小龙回答。丁小龙是班长，他不会随便说的，他知道我需要什么样的答案。

谁知，丁小龙的回答完全出乎我的意料。丁小龙说，兔子最先到达终点，但比赛规则变了，不是比快，而是比慢，所以乌龟赢了。

生活·认知·成长 青春励志故事

我不满地看了丁小龙一眼，说，这个答案你从哪里得来的？

丁小龙振振有词地说，我爸干了一辈子革命工作，也没混个一官半职。他说，刚参加工作那会儿，是年轻、没经验，到了后来，又提倡干部年轻化……

我怔了片刻，才回过神来，说，丁小龙的答案也不准确。今天同学们的想象力比较丰富，思维较为开放，这一点对大家写作文大有益处……现在让我来告诉同学们兔子输给乌龟的真正原因……

我发现，我说话的声音是那么苍白无力，连我自己也感到奇怪。

微服私访

○刘黎莹

镇上才调来位姓徐的副镇长，很年轻，分管教育工作。新官上任三把火，徐副镇长也想点一把火。第二天，他悄悄躲开办公室的秘书，一个人走出了镇政府大院。

正是花开季节，路边，花的芬芳引来翩翩起舞的蝴蝶。徐副镇长不知不觉到了一个村子里。他看了一下自己的手机，刚好走了不多不少整半个小时。按时间推算，这个村子离镇政府大院不会超过三公里。徐副镇长径直进了村子，三转两转，就转到了学校。

校园里很静，偶尔有朗朗的读书声从教室的窗子里飞出来。徐副镇长听到悦耳的童音，想起了自己的童年。校园里，一些花花绿绿的纸片也在地上一会儿飞起来了，一会儿又落下来了。有一个教室的窗子被人打碎了，阳光照在那些碎玻璃上，一闪一闪，晃得人睁不开眼睛。

徐副镇长当然不会到学校的办公室里去，而是悄悄转到了学校的食堂。一个大师傅正在洗菜。刚蒸好的馒头盛在一个大箩筐里，也不用东西盖一下，好几只苍蝇恋恋不舍地在那些馒头上徘徊。再看锅台上，灰尘积了厚厚的一层。徐副镇长心想，这里的教师在吃食堂的饭菜时，不知内心在作何感想呢。以前，他在另一个乡镇时，也是分管教育的，那个乡镇比这个乡镇穷多了，可他每次领着镇上教育办公室的人去下边的学校检查时，都是窗明几净，校园的操场上打扫得连个蚂蚁都找不到。分管了好几年教育，他还是第一次看到这样的校容校貌。他暗自庆幸自己决策英明，如果今天跟着人来，恐怕不等他踏进这个学校的大门，电话早就打到这个学校的校长办公室了。

更让徐副镇长气愤的是，当他路过一个教师办公室时，里面的几个人，看样子像是教师，有两个男教师正在那里聚精会神地下象棋，有一个女教师像是在备课，可精力一点也不集中，嘴不停地嗑着瓜子儿。

徐副镇长再也按捺不住一腔的怒火了，大喝一声："校长呢？去把你们的校长给我找来！"几个教师不知进来的这个人是哪方神仙，但从穿着上可以看出是个干部。有一个教师说："我们校长今天去镇上开会了。"

徐副镇长更是气不打一处来，这不是大白天说瞎话吗？"工作时间擅离职守，你们还替他狡辩。"

一个男教师很委屈地说："你不信可以打电话问一下镇上分管教育的镇长就知道了。"

徐副镇长说："我就是分管教育的镇长。"

那位男教师说："我们不认识你啊。"

徐副镇长说："我是才调来的。"

男教师说："对呀，分管教育的镇长是才调来的，还来我们学校检查过工作呢，可不是你呀。"

徐副镇长明白了一件事：自己走错了地方，走到另一个县的地盘上来了。他还没来上任时就听人说过，自己要去上任的这个乡镇在本县的最北边，可他没想到两个县会挨得如此之近。自己头一次出来微服私访，就闹出笑话来了。

徐副镇长稳住神，对那个男教师说："我说是我就是我，怎么会不是我？镇长还有假的不成？谁会吃饱了没事干，来这儿冒充镇长？"

徐副镇长说完，又让那位男教师领着，满校园子转了一圈儿，还详细地布置了下一步工作上需要改进的地方。男教师手里拿着个小本本，不停地在上边写写画画。

　　校长真的陪着分管教育的镇长回来了,那时候徐镇长刚走出了学校。

　　只差一步之遥,他们就会碰在一起。

生活·认知·成长 青春励志故事

我的文凭是假的

○晨 雨

王子阳是电脑通，不论是什么型号的电脑，出了什么样的毛病，经他鼓捣几下就正常了。但他在单位很不得志，主要是英雄没有用武之地，眨眼就是35岁的人了，再没啥出息就一辈子混过去了。这天因一点儿小事，被领导狠狠地批评了一通，王子阳一气之下辞职不干了，回家交代了一声，要到南方闯荡去。他想，就凭自己的手艺，再加上自己名牌大学文凭，不信就混不出个人样来。妻子看他去意已决，就不再说什么了。

王子阳来到了深圳，先去找了家旅店住下，然后就去买来了一大堆报纸专看招聘启事。他技高气盛，对那些小单位根本就不感兴趣，专找有名气的大公司。他的运气还真不错，第三天就碰上一家中外合资的电子通讯公司招聘技术人员。王子阳忙报了名，经过初试、面试、复试，王子阳从200多人中脱颖而出，公司主管这次招聘的李主任很有把握地对王子阳说："你一定会被录取的，等我们经理出差回来，他一点头，你就可以上班了。"

王子阳就安心地在旅店里等消息，谁知左等右等不见音信，没办法，他只好又到那个单位去询问。李主任告诉他，经理已经出差回来了，经理听了我的汇报，对你很感兴趣。可谁知当经理见了你的履历表后，就来了个180度的大转弯，他说你的能力不错，但是我们单位小，怕委屈了你，让你另谋高就。王子阳听了很是失望，因为为了这个单位他错过了好几个机会，现在再去找就有点困难了。李主任悄悄地对王子阳说："我真的喜欢你这个人才，我猜想我们经理不用你的原因是，你和我们经理是同学，我见过经理的履历表，他也是清华大学电子系毕业的，你们是不是在学校有过矛盾？直到现在经理还记恨着你呢！"王子阳一听傻了，到底是哪位学兄记恨自己？忙问李主任经理叫什么，李主任说："他叫舒少波。"王子阳搜肠刮肚地想，就是想不起来有这个同学。王子阳就很纳闷儿，对李主任调侃着说："这位同学我实在没有印象了，可能、大概……其实我的文凭是假的，哈哈哈……"王子阳笑着走了。

　　王子阳走后，李主任就去找舒经理，对他说："多亏了经理把关，我真没想到那个王子阳竟是个冒牌货，文凭是假的。"舒经理听了李主任的话，眼睛一亮，说："他的文凭是假的？不过这个人确实有点儿水平，还是让他过来先试用一段时间再说吧。"李主任觉得经理不可思议，但既然领导发了话，李主任就连忙联系了王子阳，第二天，王子阳就上了班。舒经理热情地召见了他，王子阳见了舒经理，的确是个陌生的面孔。舒经理说："单位念及你是个人才，就不追究你假文凭的事了，你以后一定要努力干好自己的事，不要给老同学丢脸，我就认了你这个同学。"王子阳连连点头。

　　王子阳在单位兢兢业业，表现得很不错，单位的人都知道他和舒经理是同学，都认为他们是铁哥们儿。眼看就到了年底，这天王子阳和舒经理一起去出差，从清华大学来了一封信。信是邮给王子阳的，大家一看是学校学生处的信，怕耽误了事，几个人就一起打开了信封，一看是学校为了庆祝建校100周年，特邀请学生参加校庆。大家就打电话通知了王子阳，大家都纳闷儿为什么没有舒经理的邀请信。

　　过了两天，王子阳和舒经理回来了，大家就问为什么没有舒经理的邀请信，王子阳只是笑笑，没说什么。舒经理大声说："你这个老同学，还和在学校一样爱出风头，参加什么校庆，我早就对这些活动不感兴趣了。"

生活·认知·成长 青春励志故事

我可不可以吻你

○纪富强

近了，近了。火车鸣着笛靠近站台。

我深爱的人哪，你就要出现在我的面前了。

我知道都是我的不好，我不该那样对你，我不该那样的粗暴。其实我本该冷静一点儿，我应该仔细想想我将可能永远没有你的后果，但我冲动了，我糊涂了，我做了只有傻瓜才会做的事。

你知道我有多么痛苦吗？你知道这些天我是怎么过来的吗？我想我一定是疯了，满眼满脑袋都是你。我知道我深深地伤害了你。你还能——还能原谅我吗？就像用棉布轻轻擦掉桌台上的蛛丝一样把我们过去的不愉快忘记，好吗？

此刻的我多么想在你出现的第一刻里紧紧地拥抱你啊。我多么想你！

嗨，你……回来了？

帮我拿东西。

太好了，听到你这句话我就知道你差不多已经原谅我了。是啊，有什么不愉快是不可以过去的呢？世界依然美好，空气依然新鲜，你和我依然像从前那样相爱吧！台风隐退了，一切都已过去了。眼前的你美得令人晕眩。

这些天，你都好吗？哦，还好，你呢？我？当然不好，很不好。是不是没有人给你做饭，洗衣服，陪你听音乐看影碟，在你深夜写作的时候，没有人为你煮一杯暖暖的咖啡了;是不是心里面有一点点想一个人呢?

我想什么你怎么都知道得一清二楚呢?真奇怪了。其实,我又哪里是有一点点想一个人呢?是很想,很想很想,暴想。

又贫嘴。你早干吗了?你……唉!你发起火来吓死人,你知道吗,我的朋友都被你吓丢了,我很孤独,我需要有属于自己的空间。我对你……

我知道,我知道,爱人。别说了,请让我现在就用悲痛的沉默来忏悔五分钟。你所知道的我的坏毛病我会当做家庭作业去每日攻克和改正的,我向你保证。你对我,还能像以前那样好吗?难说。我知道自己也许不可能再得到你的原谅了。知道吗?在我等车的时候我的心像被撕裂般地疼痛,心里的悔恨之浪汹涌澎湃,你看我的眼睛,爱人,它们——我都成长毛兔了。少来逗我笑。我很累。你要是真的变了兔子也好了,再用不着跟你吵也再不受你的欺负了。哼。我愿意。真的,我愿意自己变成一只兔子。只要你回来住。我知道你已经决定了回来住,我已经把房间收拾好了呢。你先看我的表现吧,如果行的话……呦,会收拾房子了?会打扫卫生了?你早干吗去了?!呜……

你别哭啊,你看这么多人看着我们呢,人家会以为我又欺负你了。别哭了,我的心里也好难过。你再给我一次机会吧!就一次。我们重新和好吧?我们还爱吧!

你混蛋!你有病!你不是好东西!你,你怎么这么坏啊,什么坏事你都干……

我,我,我错了。你打我骂我都行啊,你回来吧,我依然爱你!离不开你,没有你我几乎不能呼吸,我睡不着,满眼睛里都是你的影子。

真的?!但是不跟你住一个房间。啊?那……我答应你我真的不会再像以前那样了。你还想有下一次?我不是这意思。那你是什么意思?我没意思。

你没意思是什么意思?我看你这人就是很没意思!我怎么会爱上你这

样的人呢？你！你赔我的爱……

啊？我。我什么，赶紧往的士上搬行李！笨得像只熊。

你以前不是夸过我像只熊那么强壮吗？

以前是以前，现在是现在。以前你还救过我的命呢，现在跟了你，你差点就把我害死了！

我……我可不可以吻你？

你扭头便走，我在以为绝望了的时候，你忽然又转身将两只长长的手臂环绕过我的脖子，将那一串柔柔的热热的辣辣的令人几近窒息的甜蜜无限的吻递过来……

我可不可以吻你？

你的勾人的吻呢？它真的已烫伤了你吗？

我这个自恋狂，假想狂，真正的病人。其实我知道这所有的一切依然仅仅是梦，但我总是禁不住一次次设计不同的梦境让我们重逢。

你知道吗？自你离开后，我就是靠这些纷乱的臆想活下来的。

无法教育的儿子

○白 羽

美国和伊拉克打起来的第三天,我4岁的儿子和刘一恒在幼儿园也打了起来。不过战火没有蔓延,在这一点上,幼儿园老师比联合国的安南强多了,很快将二人拿下,并照会了双方家长。

回来的路上,我决定进行一次亲子对话以展开我的教育大计。于是,我耐着性子去盘问他们战事的起因。儿子委屈地说:"他先打我的!"我知道教育孩子不能袒护:"那他为什么打你呢?"声音温和得连我自己都觉得肉麻。儿子自豪地回答:"那当然是我先骂他了!"我感到我的血压在慢慢升高,但仍皮笑肉不笑地细声细语地引导他:"你为什么要骂小朋友呢?"儿子站住,愤愤地答道:"刘一恒要伊拉克赢。""这有什么不对?美国那是入侵。"我忽然觉得自己像牧师布道。没想到儿子气急败坏地喊道:"美国输了,我上哪儿吃肯德基!"路上十几双眼睛怒视着我,似乎是我入侵了伊拉克。

费尽了口舌也没能让他明白肯德基和美伊战争的关系,我意识到得先对他进行善良教育,让他尊重生命。

每天接儿子回来,必经过一家银行的门口,那儿总有一两个乞丐在乞讨,其中一个老人颇令人同情。经过他跟前,若口袋里有两三毛零钱,我就会叫儿子扔在他的破瓷缸里,觉得这也是一种善的教育,儿子乐此不疲。

生活·认知·成长 青春励志故事

那天,看到电视里的"人小鬼大"栏目中,光头孙国庆正在问几个小孩子"长大了干什么?",我觉得潜移默化的教育时机到了。于是,我故作漫不经心地问:"振子,你长大了干什么?"他正在玩奥特曼机器,头不抬眼不睁响亮地回答:"要饭!"我几乎窒息了,风度全无地大吼一声:"没出息!"儿子被我跑了音儿的一嗓子吓住了,愣愣地望着我,喃喃道:"要饭可以要到好多钱,还不累。""那会被人瞧不起,受欺负!"他疑惑地望着我:"那,妈妈你每次都让我给那乞丐钱,你看他罐里的钱比我存钱罐里的钱都多。"我发现我真的很失败,看来小孩子就像小动物还是要驯化的。我用比小新的妈妈美伢还"狰狞"的面目训斥道:"必须好好学习,有理想。"在我的唾沫快干前,慑于我的"淫威",儿子低头认罪了:"我长大了考大学。""对,乖儿子。"我的笑容还没绽开,他又坚定地补充了一句:"考完了大学,再去要饭!"

侠 丐

○宗利华

小镇上，当然有悠闲人。

所谓悠闲，得有资本。穷人们为生计所迫，吃了这顿惦着下顿，能悠闲得起来？卖烧饼、油条的，甩开膀子丁当打铁的，戴着老花镜、虾弯了腰锔盆锔锅锔碗的，这些人，哪有那份闲工夫！

邬先生有。

邬先生什么都不做。人家靠祖上传下来的家业过活。祖上放过外任，虽不得志，但不至于落泊，置些房地产，攒下些银子。到下一代，对做官不感兴趣，但根子扎得深厚，过起乡绅日子。再到邬先生，继续悠闲。

地里的活儿，自有人打点。主家不刻薄，下人也不欺负人。到时令，下人吆喝着马车，送新鲜粮食蔬菜水果来。当然，也有银子，规矩地封着。

邬先生干什么？他打牌，逛戏院子。有时，跟官府的人坐在酒肆里。邬先生生得佛像，坐在那里，稳如磐石，不说话脸上都带着笑。镇上三教九流，都喜欢他。这绝不错，连翠花楼的姑娘，他都结交。给人家拉京胡，弹弦子，也会抚弄几曲古筝。姑娘坐一旁，或听，或唱。罢了，邬先生拱拱手，告辞。

邬先生不行风流事儿。

邬先生说，那是累人的活儿。

生活·认知·成长 青春励志故事

小镇上人来人往，杂七杂八。本地人都觉得怪，邬先生是怎么和那些人一见如故的。远远江南一带客商，回去半年，托人捎上等茶叶，请他品评。

镇上人差不多都认得邬先生。好人一个啊！

这天，打镇东头走来一乞丐。

乞丐一闪现，邬先生的目光丁当一下，落他脚上。乞丐走道儿，脚尖先着地，轻盈一点，身体就弹簧般跃起。邬先生微微一笑，端起茶碗，拿盖儿一抹，轻抿一口，扭头，面朝肩上搭洁白毛巾的伙计，赞，好茶。

茶馆旁边，是王婆子的烧饼铺。王婆子雇两个小伙计，与她一起忙。乞丐立住，两脚叉开，伸出手去。王婆子低身，拿起一个火烧，递过来。乞丐不接，手，仍伸着。王婆子的笑僵住，似乎有了怒气，把火烧扔下。乞丐把手伸向小伙计。小伙计看王婆子。王婆子嗯一声。小伙计拿起火烧递去，那乞丐才接了，伸向嘴边。

邬先生拿出几枚铜板，往桌上一叠，站起。小伙计弯腰，邬先生，走好。

随后，街上人见邬先生与乞丐并肩走去。边走，边呵呵笑，都不以为奇。

两人一先一后进了宅院，乞丐四下展眼打量，邬先生一声吆喝，看茶！院内有一株古槐，树盖如伞。两人坐树下，爽爽凉意，从心底升起。遂摆了围棋。有槐蚕飒飒而下，打在棋盘上。

邬先生棋面上圆滑无比，左右逢源，却是暗中蓄势，步步收紧。那乞丐出手凌厉，每每行刁钻怪异路数，却都被一一化解。忽然，乞丐右手一抖，一道寒光，飞到树上，一声惨叫，一只麻雀跌落棋盘。邬先生眯了眼去瞧，那雀儿脑壳上，有一血孔，兀自汩汩地流。

乞丐眉心紧锁。

邬先生笑。

邬先生伸出食指中指，捏起麻雀翅膀，轻轻提到一边。

乞丐双手一摊，我输了。

邬先生却问，为何那王婆施烧饼给你，你却不接？

女人本来依赖于男人，我堂堂七尺男儿，怎会求她施舍？

这倒也是。邬先生拈须，点头。

乞丐却说棋，为何我总是无路可逃？

邬先生伸出右手食指，点向乞丐胸口。

两人对视一眼，仰天笑。

树上数鸟，扑棱一声，散去。

自此，两人朝夕相处，一并下棋，一并去茶馆酒肆。渐渐，也去赌场。庄家见邬先生，连道稀客。乞丐仍是那身行头，丝毫不见猥琐形态。喝得酣畅时，两人手牵手，沿石板路，晃出一道风致。

一日，两人去野外打猎。乞丐动如脱兔。不时，两人肩上，多了几只野兔。不料，却仰面撞见一幕丑剧，镇上首富王掌柜的公子，正戏弄一村妇。王掌柜经营赌场，生意做大，阔得不行。儿子仗老子有钱，官府背景强大，不免就狂得变形。村妇被他压在身子底下，像只折翅小鸟儿。

邬先生看一眼乞丐，眼里，透出寒光。乞丐却皱眉，看天。半天，扭转身，往前走。邬先生叹息，竟踏步向那恶少而去。走两步，忽地立住！只见恶少脑门儿上露出一道血孔。邬先生回头，那乞丐立在残阳中，兀自冷笑。

次日傍晚，两人坐在酒楼靠窗位置。几杯酒下肚，乞丐拱手，我原本一身血案，恐累及先生。此处，已无我容身之地，就此告别。

邬先生望窗外。

对面，一排灯笼，红透半边街道。

乞丐站起，往外便走。不料，行走两步，以手抚按腹部，慢慢弯下腰来。身后，邬先生额角，亦有汗珠沁出，伏在桌上，四肢竟也不能动弹。

楼梯口闪出几名官兵，持刀，面带冷笑。

数日后，乞丐和邬先生被一并绑赴镇外。小镇人多年不见杀人，都拢来，远远地瞧。都看到了两人谈笑风生。都看到了刽子手手起刀落。都看到了两股红晕，直蹿半空。

有女人哭声，漾起来。

殉 葬

○包作军

曾侯乙是一个醉心于音乐的人。

曾侯乙热衷于对乐器的收藏，至死不渝。

曾侯乙老了，从病榻透过轩窗，一轮极凄美的落日如滚滚车轮滑向天的尽头。曾侯乙仿佛看到了自己的影子。

曾侯乙喑哑的嗓子里，发出呜呜的哀鸣声。酷爱音乐的人，自己却不能发声，这对曾侯乙来说未免太残酷了一些。

胸前一阵阵憋闷，令曾侯乙痛苦不堪。曾侯乙觉得自己只剩下要出的气儿了，他用手一指身旁的竹简，身边侍立的大儿子曾乐明白，父亲要立遗嘱了。曾乐知道此时父亲最关心的是殉葬品的事。

这是个盛行殉葬的时代，即使最穷的人家有人故去了，也要在墓坑里扔进去几块牛头马骨什么的。

曾侯乙的嘴巴说不出话，只是一张一合的，别人什么也弄不明白。知父莫如子，只好由曾乐做翻译，一儒生在旁边做记录。

随着曾侯乙嘴巴的翕动，琴、瑟、笙、笛几样乐器被列到竹简上了。

"对了，还有排箫和建鼓。"曾乐补充说。

曾侯乙的嘴巴还在嚅动着。

曾乐听明白了，但他同时皱了皱眉头。父亲要的是编钟，那组分为三层两架悬挂的编钟。那编钟的架子由六个铜人托着，最上面一排是十九个像大铃铛似的纽钟，下面由小而大分成三排，到最下层特大号的钟，已经如同家庙前面钟楼里挂的一样了。

曾乐心想，这组编钟全楚国也就这么一组，是真正的无价之宝啊！

但曾乐是有名的孝子，既然酷爱音乐的父亲想要，就让它们永远陪伴在父亲左右吧。

当曾乐看到儒生在竹简上写下编钟两个字时，觉得父亲该满意了。

但曾侯乙的嘴巴还在抖动着，只是气息更加微弱了。

曾乐俯下身子，将耳朵贴在父亲的唇边。

"什么？还有能发出最美丽声音的乐器?！"曾乐有些糊涂了，除了编钟，还有什么更动听的乐器令父亲念念不忘的呢？曾乐从儒生手中拿过竹简仔仔细细地看了一遍，觉得家中所有的乐器都列到竹简上了。

可父亲的嘴巴分明依然在念叨着什么。

曾乐又将家中所藏乐器一一在大脑中过了一遍，轻声对父亲说："该列的都列上了。"

这时，只见曾侯乙眼中放射出激动的光芒，嗓子里呜噜呜噜的仿佛吼叫着，同时用手指一点曾乐身后一个手持乐器的歌女。

曾乐顿时明白了，原来父亲说的是家中收养的二十一个歌女呀。

曾乐有些不忍，这二十一个歌女是从楚国各地精挑细选的，个个音色绝美，她们毕竟只是十七八岁的少女啊，而且都是父母亲的掌上明珠，有几个女孩子已经有了心上的恋人。但是——

曾乐看了一眼残喘微微的父亲，亲自用笔在竹简上写下了那二十一个少女的名字，然后，将竹简拿到曾侯乙的面前。

曾侯乙费力地抬了一下眼皮，放心地闭上了双眼。

两千年后，人们在曾侯乙殉葬的墓坑里发现了一组编钟，还有二十一具年轻女性的骸骨。

意　外

○刘国芳

　　在富人眼里，别人都是穷人。这就像在当官的眼里，别人都不如他。道理是一样的。

　　张三是个富人。

　　张三有几千万资产，单是小轿车就有三辆，一辆别克，一辆帕萨特，一辆奔驰。在侈城，张三是最有钱的人。张三经常开着那辆奔驰在街上转，窗外那些人，张三都觉得他们是穷人，觉得他们一个个衣服破烂或衣衫不整。有了这种感觉后，张三便满脸的不屑了，心里想这些人是怎么混的，都大半辈子了，还这样穷。继而，张三同情起这些人来。这时候没事，张三会把车停在什么地方，然后在街上逛起来。街上有乞丐，跪在路边向人乞讨。张三见了，一定会扔一块钱或两块钱甚至十块钱。见一个扔一个，把钱扔过，张三心里很舒服，觉得他做了一件大好事。但张三只能把钱扔给乞丐，张三不可能见了谁都扔钱，如果见了谁都把钱扔给人家，那就是侮辱人家。张三这点还是明白的，但张三依然有办法向别人施舍。张三看见那些看起来特别穷的人，会走到人家前面去，然后装着掏东西的样子，把一张十块或二十块的钱掉在地上，然后让别人捡。张三知道捡到钱的人会十分高兴，但张三觉得自己更高兴。这种事张三经常做，张三的目的显而易见，他就是想让那些没怎么见过钱的人见钱眼开，然后张三在心里偷着乐。

生活·认知·成长 青春励志故事

　　张三还有很多方法向人施舍。比如有一次张三开着车子，一个小孩横跑过来，张三当然把车刹住了，没撞到小孩。停住车后，张三觉得他又找到向人施舍的理由了，他跟孩子的母亲说吓着孩子了，然后拿出100块钱给了他们。在小孩母亲的感谢声中，张三心里有说不出的高兴。还有一次，张三看见一个小孩缠着大人要买荔枝吃，但大人怎么也不买。那大人衣着十分普通，张三一看就知道他是穷人。张三又有了向人施舍的心情了，他立即买了几斤荔枝，然后让卖荔枝的人送给他们。在大人和孩子惊喜的时候，张三又很高兴了。又有一次，张三看见一个卖茶叶的老头儿，张三一看那茶叶就知道是劣质品，张三根本不会喝那样的茶叶，但张三还是过去买了一包。把钱付了，张三没把茶叶带走，他跟老人说先把茶叶放在那儿，过一会儿再来拿。但过去了几个月，张三也没去拿。其实张三根本不会去拿，他是在变着法子向老人施舍，张三在这种施舍中又得到了乐趣。

　　这事，张三后来还如法炮制了一次。

　　一天，张三看见一个女人在路边卖鞋垫儿，这女人张三认得，张三没发迹以前，跟女人住在一条街上。后来张三发迹了，才搬走了。现在，张三一眼就认出了女人。女人以前十分漂亮，心气也高，张三以前想跟她好，却连口都不敢开。才七八年过去，女人竟然沦落到在街上卖鞋垫儿的地步。张三立即同情起女人来，他停在女人跟前，看着女人说："你还认得我吗？"

　　女人看了张三一眼，立即把他认了出来。女人很惊喜的样子，跟张三说："你是张老板吧，你现在发了。"

　　张三要的就是别人这种惊喜的感觉，他很得意，跟女人说："你怎么在这儿卖鞋垫儿？"

　　女人说："下岗了，没什么好做，只好在这儿卖鞋垫儿。"

　　张三说："我买几双。"

张三就拿起几双鞋垫儿，然后把100块钱给了女人。但张三没把鞋垫儿拿走，他和上次买茶叶一样，把100块钱给了女人后，既不让女人找钱，也不拿鞋垫儿，只跟女人说："我先去那边办些事，过一会儿再来拿鞋垫儿。"

说着，张三走了，一路上心里都很高兴。

那女人一直在等着张三回来拿鞋垫儿。

但张三不会回来。

三天后，张三见到女人了，是女人找到了张三，不是张三去了女人那里。女人见到张三后，长舒了口气，然后说："我这几天都在找你，问了好多人，才找到这里来。"

张三说："你找我做什么？"

女人说："那天你买鞋垫儿，放下100块钱，鞋垫儿也没拿，就走了。你可能太忙了，把这事忘了，我来把鞋垫儿送给你，把钱找给你。"

说着，女人把鞋垫儿和钱递给了张三。

张三傻了。

生活·认知·成长 青春励志故事

欲望号街车

○骆 平

在那段浓醇似烈酒的光阴中，他的眼神让我心荡神摇，我是如此渴望用自己的掌心（而不是其他任何方式）牢牢铭记住他肌肤的温暖——

是从冬天开始的吧，初雪刚刚降下，整座城市空气清冽，像一块透明的、诗意的水晶。

那天早晨，我偶然搭上一辆红色巴士，车子很空。车门口有人抱了一束昂贵的百合，透过那些精致的花枝，我看见一位俊朗的年轻男人，穿着米黄色风衣，皮肤的颜色微暗，嘴唇的轮廓酷似马龙·白兰度，他的气质极其古典、极其洋派。他定定地握着吊环，姿势优雅，令人侧目。他不像是在奔波的公车上，倒像在欧洲的郊外，一间童话般的石头城堡中。我有些发怔，像个稚气的小女孩那样目不转睛地凝视他，并且心神不安。他那双眼睛，清澈却有些浅淡的忧伤，叫人想起蔡琴的老歌，她那低哑的嗓音痴迷地诉说对一双眼睛的深情，惨痛且温柔。

第二天，我又在同一时间上了那辆车，依然空荡荡的，细碎的光芒落在厚实的皮椅上。我立即就发现了他，他还是在原来的位置站着，正望着车门。见到我，他微微一笑，然后很快转过头去。他那种高贵，像一个不真实的幻觉，猝然间蛊惑了我。

我开始天天乘坐那一路汽车去上班，从冬天到春天，他总是在那里，看我一眼，对我微笑，但没有更多的了。他比我提前一站下车，匆匆走上人行道，他的背影也很好看，挺拔、矫健，有着原始的美。黄昏的时候，我尝试搭这班车回家，我变换着时间，但是从来没有遇见过他。

我喜欢逛街，漫无目的地，只是一路走下去。渐渐地，我发现自己总是忍不住在他下车的地方徘徊。我没有看见他，除了在巴士上，他似乎并不存在于这个世界，我变得有些失魂落魄，我很惊诧。老板说，不要太辛苦。他给了我一星期的假期以及去香港的往返机票。

我在陌生的香港不停地乘坐各路巴士，来来去去，循环往复，很沉默地，很认真地，好像那是一件严肃而重要的事情，是我此行的唯一目的。假期结束，当清晨来临时，我吃了澳洲深海鱼丸，跑去车站。车来了，我迫不及待地跨上去。他在那里，注视车门，对我露出笑容，那炫目的笑容几乎让我相信，他也在等待着我。

天气暴热，他换了恤衫，裸露的手臂修长而坚实，有一种干净的诱惑。一刹那，我感到自己内心强烈的欲望——非常非常想触摸他，似孩童的任性与急切，却没有丝毫邪念，只是虔诚的、盲目的，犹如圣徒面对自己一生中最崇敬的神。

我从事的工作是电脑行业，很累，下了班已经精疲力竭。我的嗜好是周末去俱乐部健身，打打网球，平时装束呈中性，生活简单而有节制。可是现在，我回到16岁的无知，对一个男人的身体和温度充满纯粹的向往。我重新关注时尚的裙衫、手袋，涂粉色唇膏，着细跟儿皮鞋，一派堕落的美。夜里一心想着他是否也为了我而乘坐那辆车，想象他如果走近我，邀请我去喝咖啡，我该怎样回答，这问题让我失眠三天，所有的理智都灰飞烟灭。

长久都是那样，在红色巴士上，在夏日的阳光中，我隔着天涯一般遥不可及的距离镇定地凝望他的侧影，压抑自己狂野的念头。后来的那天，我抱了大叠的卷宗上车，车子刚启动又停了下来，原来前面有一辆车坏了，人群蜂拥而至，迅速拥上来，我被挤到他旁边。我们终于接近，却是

生活·认知·成长 青春励志故事

在这样的炽热与忙乱中,在这样的喧扰与挣扎的人群中。那一切不是传奇发生的背景。

车子重新发动,由于超载而显得摇摇晃晃。扶手被众多的手占满了,我抱着卷宗,只觉无限狼狈。他侧身看了看我,一瞬间,我脱口说出:"对不起,让我拉着你,好吗?"他笑了,点点头。我抓住他的手臂,皮肤轻触的感觉经由我的手指深刻地直抵灵魂,这一刻,他的气息,他的体温,连同他所有的情感暗伤,都在我的手心里肆意停留。我明白自己永远也不会忘记这样一个不相干的男子了。一个急刹车,他一把握住我的手,他的掌心很暖,我们紧紧相握,平静地望着车窗外面苍翠的梧桐树,没有说话,没有彼此注视,就像一对经历了天长地久的爱人那样自然和亲密。

他依然提前下车,他说:"明天见。"那是我第一次听见他的声音,很忧郁,有着神秘的、我不能了解的哀伤。他离开了,可是掌心的烙印令我快乐。由此带来的柔情浩瀚无际,将我完全吞没,它的丰美甚至超过爱情本身。

第二天,我没有再坐那辆巴士,以后也没有。因为我的未婚夫从日本归来,半个月以后我们举行了盛大的婚礼。现在我的先生每天开着一部与众不同的绿色奔驰送我上班,他深爱着我。

中500万后的24小时

○梁山伯伯

21：30　给彩票中心打10次电话确认彩票号码和领奖方式。结果：被彩票中心的小姐警告，再敢骚扰她，就等着110来抓人。

22：30　给电视台打电话要感谢那位开奖的仁兄。结果：接线员小姐要我的联系方式，考虑再三没有给她。

22：40　给老妈打电话报喜。结果：老妈在电话那边叹气，这孩子，买彩票买疯了。

23：00　掐自己一下确定自己不是在做梦。结果：全身被掐紫。

23：30　睡觉。结果：睡不着。

24：00　吃安眠药。结果：睡着了，但是做梦不止，反复梦到中了1000万。

4：00　起床。结果：起得太早，大骂奸商做假安眠药。

4：30　太早，看电视。结果：电视无信号，还对着电视傻笑。

6：30　无事，给以前的女友打电话。结果：像往常一样被女友教训半小时，主题是像我这种人发财的几率和被流星砸到的几率一样大。

7：30　打的去领奖。结果：身上的钱不够，半路下车改乘公交车。

8：00　路上接到老板的电话，两年来第一次对老板说不，并说出自己的看法。结果：老板夸奖我思维活跃有创意。

8：30　在彩票中心，被昨天接电话的小姐听出声音。结果：她在赔礼道歉之余，向我介绍心理医生。

9：00　确认奖票为有效奖票。结果：抱着彩票中心主任痛哭，场面直逼北京申奥成功。

9：30　办理缴税手续。结果：听说要缴100万元，"啊"的一声，下巴脱臼。

10：00　有人询问是否愿意捐赠。结果：赶紧闭嘴，下巴脱臼不治而愈。

10：30　与银行业务员谈存款条件。结果：同意我取1万枚硬币数着玩。

11：00　接到399万元的存折。结果：浑身抖动，脸色苍白，有休克前兆。中心主任派人送我回家，不要我请他吃饭了。

12：00　想到了老话——得了外财要散财，于是出门找100个乞丐一人给一元钱。结果：被90%的乞丐拒收。他们真没有职业道德。

13：00　在家里数硬币玩。结果：感觉自己像葛朗台。

20：00　接到前女友的电话，她已经知道我被流星砸中了，声音像她18岁那样温柔，我倒有些不习惯了。结果：挂电话，拔电话线。

21：30　把所有的硬币铺在床上然后躺上去，睡在钱堆里的感觉——真好。